Verhängnisvoll besessen

Sandra Adam

Wenn nur Träume die Liebe

deines Lebens noch retten können!

Verhängnisvoll besessen

Sandra Adam

Wenn nur Träume die Liebe deines Lebens noch retten können!

Herstellung und Verlag:
BoD - Books on Demand, Norderstedt

Facebook: @Traumbuecher
Webseite: https://www.sandra-adam.de/
Cover: http://www.cover-and-art.de
Korrektorat: Doris Telega
(nordlicht.korrektorat@online.de)

Bibliografische Information der Deutschen
Nationalbibliothek: Die Deutsche Nationalbibliothek
verzeichnet diese Publikation in der Deutschen
Nationalbibliografie; detaillierte bibliografische Daten
sind im Internet über http://dnb.d-nb.de abrufbar.

ISBN: 9783750471030

Sandra Adam

Diese Geschichte ist frei erfunden. Jegliche Ähnlichkeiten zu lebenden Personen, ist rein zufällig.

Nur die wunderschönen Orte, welche ich beschreibe, die gibt es wirklich!

Der Norden Schleswig-Holsteins lädt zum Spazieren gehen und Träumen ein.

Auch das Restaurant, in dem Francis arbeitet, ist immer eine Reise wert.

Inhaltsverzeichnis

PROLOG

***

Dieses Warten macht mich wahnsinnig. Wo bleibt Laura nur? Sie ist doch sonst nie so spät. Hoffentlich ist Marie nicht dahintergekommen, dass wir uns hier nachts treffen. Nicht auszudenken, was sie dann mit ihr anstellen wird. Laura hat so schon nichts zu lachen. Und das nur, weil ich unvorsichtig war, weiß ich doch um den psychischen Gesundheitszustand von Marie. Allerdings hatte ich nie im Leben gedacht, dass sie zu sowas fähig ist. Laura, meine arme Laura muss dies nun ausbaden. Jedes Mal, wenn wir uns kurz treffen, sieht sie schlimmer aus. Das freche Funkeln, welches ich so liebe, verschwindet immer mehr aus ihren wundervollen blauen Augen. Ich seufze. Wenn ich dies gewusst oder auch nur geahnt hätte, hätte ich Laura nie gebeten zu mir zu ziehen. Dies ist nun aber zu spät, sie wohnt nun bei mir und Marie hat es gemerkt und auch gehandelt, noch bevor ich Laura vorwarnen konnte.

„Francis?" Laura schleicht um einen Baum herum und linst vorsichtig hervor. „Wo bist du?"

Ich kann es nicht glauben, sie sieht noch fürchterlicher aus, als vor ein paar Tagen, als wir uns das letzte Mal hier trafen. Ihre sonst so glänzenden und gepflegten, blonden Haare hängen strähnig und verfilzt im Gesicht. Der früher wohlgeformte Körper ist ausgemergelt. Sie ist schon immer schlank gewesen, mit weiblichen Rundungen an den richtigen Stellen, aber davon ist schon länger nichts mehr zu sehen. Die Wangenknochen stechen hervor, dunkle Augenringe zeichnen ihr einst so hübsches Gesicht.

„Laura!" Ich schließe sie in meine Arme, sorgsam darauf bedacht nicht zu grob zu sein. Trotzdem zuckt sie zusammen, als wenn ich sie geschlagen und nicht nur in die Arme genommen habe. Der Versuch ihrerseits dieses zu verbergen, scheitert, da kaum noch die Kraft besteht, sich auf den Beinen zu halten. Der Körper ist geschwächt und übersät mit blauen Flecken. Die Beckenknochen stechen hervor, die langen Beine sehen aus wie Zahnstocher. Von dem eigentlich wohlgeformten Hintern ist nicht mehr viel übrig. Was tut Marie nur mit ihr. Tränen steigen in mir auf.

„Wir müssen dich da rausholen", meine Stimme bebt und Tränen bahnen sich den Weg über meine Wangen.

„Ich weiß, aber ich bekomme nichts aus ihr heraus. Die Frau redet so gut wie gar nicht mit mir, außer wenn sie einen Wutausbruch hat, aber dann kommt nichts Nützliches, nur wilde Beschimpfungen." Lauras Stimme verebbt und einige Tränen sammeln sich auch in ihren Augen.

„Ich habe Angst Francis, sie wird immer gemeiner und brutaler. Finde mich endlich, bitte. Du musst mich finden. Lange halte ich nicht mehr durch", fleht sie mich an. Erschreckt blicken wir auf, ein Geräusch lässt uns aufhorchen. Schnell gebe ich ihr einen Kuss auf die Stirn, denn ich weiß, dass es bedeutet, sie musschnell los.

***

Und weg ist Laura, wieder zurück in die Hölle, in die ich sie gebracht habe, zwar unbewusst, aber es ist meine Schuld. Ich muss sie endlich finden, aber es gibt nicht viele Anzeichen, wo Marie sie versteckt hält. Nur wenig kann Laura aus ihr rausbekommen und somit wichtige Hinweise geben, wo sie versteckt gehalten wird. Ich weiß nur eines, lange hält Laura nicht mehr durch, das ist deutlich zu sehen. Ich muss was tun.

Dringend! Die Polizei sucht ebenfalls auf Hochtouren, behaupten sie wenigstens, aber auch sie kann Laura nicht finden. Marie kann man nichts beweisen, zu vorsichtig ist sie gewesen. Und wie soll ich unsere nächtlichen Treffen erklären? Mich würden sie doch in die Psychiatrie einweisen, würde ich versuchen das zu erklären. *Ich treffe übrigens meine verschwundene Freundin im Traum.* Es ist mir ja selbst ein Rätsel.

Laura hat mir am Anfang von ihrer Freundin Anna erzählt, welche zeitweilig ihren Jugendfreund so getroffen hat. Heimlich, nachts im Traum. Ausgelacht habe ich sie, so dass sie richtig wütend wurde. Wir haben uns mehrfach deshalb gekabbelt, da sie meinte dies ginge. Ich allerdings war der Meinung, die gute Anna würde ihr einen Bären aufbinden oder sei damals selber vielleicht einem Nervenzusammenbruch nah. Aber nun, da wir uns selber im Traum treffen, bezweifle ich wahrlich, dass das nur eine Geschichte war. Wenn das Band zwischen zwei Menschen nur groß genug ist und es beide wollen, dann scheint es zu gehen. Man trifft sich im Traum an einem gemeinsamen Platz.

KAPITEL 1

Was für ein Traumwetter da draußen herrscht. Wenn ich nur nicht arbeiten müsste. Ich seufze. Hinter der Küche, in meinem Spind vibriert schon wieder mein Handy. Das ist bestimmt Marie, die mich mal wieder - etwa das fünfte Mal heute - fragen will, wann ich endlich Feierabend habe. Sie sieht ja ganz passabel aus: lange dunkle Haare, etwas stämmiger, als ich es gerne habe, aber durchaus noch im Rahmen. Vielleicht ein bis zwei Kilogramm zu viel, aber sie isst halt gerne und treibt keinen Sport. Doch einen: mich zu verfolgen. Seit etwa fünf Monaten sind wir ein Paar, und sie ist einfach anhänglich. Ich kann mich keinen Schritt bewegen, ohne, dass sie weiß, mit wem ich wo bin. Sie fährt mich zur Arbeit, holt mich dort auch wieder ab und wehe, ich bin nicht pünktlich fertig. Dann wird sie hysterisch. Als ich eines Abends mit meinen Kumpels ausgehen wollte, machte sie mir eine dermaßen laute und ausfallende Szene, dass mir ganz schlecht wurde. Ich lenkte ein und ließ meine Freunde alleine von dannen ziehen. Stattdessen guckten wir uns einen Film im Kino an. Sie war zufrieden und ich hatte meine Ruhe.

13

Mein Handy hört einfach nicht auf zu vibrieren.

„Francis, kannst du dein Handy mal woanders hinlegen? Das nervt!" Unser Koch, fünfundfünfzig, Single aus Überzeugung und sehr stämmig, ist auch schon mehr als genervt. Die Spinde stehen im Raum hinter der Küche und es vibriert dauerhaft. Den Ton habe ich wohlweißlich ausgestellt. Ich bin Servicekraft in einem gemütlichen Restaurant am Strand. Der Blick auf das Wasser ist herrlich romantisch, das Essen lecker und die Bedienung ist eine Wucht. Wie sollte es auch anders sein, denn die Bedienung bin ja ich. Ein gutaussehender, braungebrannter, blonder Franzose mit strahlend blauen Augen, dem die Frauen hinterherschauen. An Selbstbewusstsein fehlt es mir definitiv nicht.

Entnervt gehe ich zu meinem Spind. Sechzehn Anrufe in Abwesenheit. Seufzend rufe ich zurück.

„Ja, Marie, was gibt es denn Dringendes?", entgegne ich, als sie bereits nach einem Klingeln rangeht. Ein leicht genervter Unterton ist in meiner Stimme zu hören.

„Warum gehst du nicht ran? Flirtest du schon wieder mit den Kundinnen, Francis? Du weißt, dass ich das nicht mag." Marie ist mal wieder gut drauf, es hagelt Beschimpfungen, Tränen, einfach alles, was ihr Repertoire hergibt. „Wann soll ich dich denn abholen?" Sie schluchzt.

Mit rollenden Augen geht mein Chef an mir vorbei. Marie spricht sehr laut und egal, wohin ich mich verziehe, die meisten bekommen ihr Gemecker mit.

„In einer Stunde, denn ich muss hier noch aufräumen."

Das ist schlichtweg gelogen, denn aufgeräumt ist schon. Ich will einfach noch eine Weile die Stille am Meer genießen und Marie kommt garantiert eh zu früh. Spätestens in dreißig Minuten ist sie sicherlich hier.

Und so ist es auch. Ich habe mich auf die Terrasse gesetzt, zwei Stühle zusammengestellt, die Beine hochgelegt und genieße den immer noch warmen Wind und den wundervollen Blick auf das Meer. Der Frühling ist dieses Jahr sehr warm, die Möwen kreischen während sie über das Wasser fliegen oder am Strand nach liegengelassenen Pommes und Brot suchen. Hier lässt es sich aushalten.

„Du hättest ja mal Bescheid geben können, dass du schon fertig bist, dann wäre ich früher gekommen." Zwei dunkle Augen funkeln mich wütend an. Die Arme in die Hüften gestemmt, will sie gerade loslegen. Doch ich komme ihr zuvor: „Marie, ich bin schneller fertig geworden, als gedacht, Karlos hat mir geholfen." Karlos ist unser stämmiger Koch. Sein Essen ist einfach spitze. Ich bin eigentlich kein Fan von Fisch, auch wenn ich am Meer wohne. Aber so wie er in der Küche zaubert, mag sogar ich Fischgerichte. Mit einem Hauch Zitrone, etwas Dill und einer Zutat, die er niemandem verrät, ist seine Fischpfanne einfach göttlich. Die Kunden kommen von weit her, um hier auf unserer Terrasse zu speisen. Das „I"-Tüpfelchen ist natürlich mein leicht französischer Akzent und meine fröhliche Art, die gerade die weiblichen Kunden zum Wiederkommen anregt. Und zu einem großzügigen Trinkgeld, wie ich bei der Abrechnung abends immer wieder erfreut feststelle.

„Kommst du jetzt endlich? Hier stinkt es nach Fisch, du weißt, dass ich das nicht mag. Francis, komm schon, nun lass uns endlich gehen", Marie nörgelt mal wieder.

Man kann die einen nerven. Ich hätte schon vor drei Monaten wieder Schluss machen wollen, aber der Versuch scheiterte mit einem Wutausbruch ihrerseits und der Drohung, sie tue sich was an. Ich weiß, deshalb kann man ja keine Beziehung weiterführen, aber ich brachte einfach den Mut nicht auf diese zu beenden. Jeden verfluchten Tag bereue ich es aufs Neue, denn sie wird immer anhänglicher und besitzergreifender.

„Marie so kann das nicht weiter gehen. Ich kann alleine zur Arbeit fahren und schaffe es auch ohne Chauffeur wieder zurück zu kommen", fange ich genervt an.

„Wer hat dir denn den Kopf verdreht? Welche Frau hat schon wieder mit den Hüften gewackelt, dass du der hinterherläufst und mich nicht mehr attraktiv findest. Du weißt, dass ich das nicht mag, wenn du so mit mir redest!", entgegnet Marie lautstark.

Es ist wieder so weit. So fängt es immer an und es endete damit, dass ich klein beigebe und mich doch täglich von ihr zur Arbeit fahren und wieder abholen lasse. Aber heute nicht, nein dieses eine Mal will ich stark bleiben. Meine Kumpels habe ich schon ewig nicht mehr gesehen, geschweige denn mal einen Tag oder Abend für mich gehabt. Immer und überall ist sie dabei!

Im ersten Monat wollten meine Jungs und ich einen Abend zusammen verbringen, nur wir Männer mit Bier, Chips und ganz viel Computerspielen. Plötzlich, mitten am Abend, tauchte Marie auf und lies sich auch nicht mehr abwimmeln. So saß sie zwischen uns Männern, maulte und schimpfte die ganze Zeit über uns und unsere Spiele rum. Der Abend dauerte nicht sehr lang und ich konnte mir am nächsten Tag von meinen Freunden ordentlich was anhören. Auch wenn ich versucht habe Marie zu verteidigen, sie hatten Recht. Da hätte ich schon einen Schlussstrich ziehen sollen, aber wie das so ist, hat man am Anfang einer Beziehung eine Rosarote Brille auf.

Aber hatte ich diese wirklich aufgehabt oder ist es eher das körperliche, was mich an Marie reizte. Ich fürchte eher das Zweite, denn so eine wie Marie habe ich noch nie getroffen. Im Bett bringt sie mich um meinen Verstand. Nun muss ich mir immer mehr eingestehen, dass das nicht alles ist. Nur im Bett gut verstehen reicht nicht aus. Sie weiß um ihre Qualitäten, sobald wir uns streiten oder ich mal wieder erwähne, dass ich gerne mal meine Freunde besuchen oder mit ihnen was unternehmen möchte, setzt sie diese auch scharmlos ein. Aber ist das alles? Unterhalten ist mit ihr eher schwer. Sie hat eine Meinung und wehe man teilt diese nicht, dass endet dann im handfesten Streit und somit danach im Bett. Unternehmungen sind, wie soll ich es sagen, eher gefährlich. Sind dort andere Frauen, wird sie sofort eifersüchtig sobald die nur einmal an mir vorbei gehen oder mich anlächeln. Ansprechen geht gar nicht, dann eskaliert Marie sofort. Und sie eskaliert dann richtig. Beim letzten Versuch, einer alten Bekannten sich mit mir zu unterhalten, gingen drei Gläser, eine Vase und eine Erdnussschale kaputt. Marie meinte sie wolle was von mir und würde mich bezirzen, schrie und fluchte rum und warf dabei den Tisch um, wodran Tina mit ihren Freundinnen saßen. In dem Lokal haben wir nun Hausverbot, da brauchen wir uns nicht wieder blicken lassen. Genau wie in drei weiteren in anderen Städten. Mir gehen somit auch langsam die Möglichkeiten aus weg zu gehen.

„Marie, du engst mich ein, ich kann kaum noch atmen. Nirgends kann ich hingehen ohne dass du mich verfolgst. Nicht einmal zur Arbeit lässt du mich alleine." Ich schnaube.

„Du willst mich also verlassen!" Schreit sie mich an.

„Das habe ich nicht gesagt, guck auf die Straße!" Ich schlucke dabei, wo schaut sie denn hin?

„Doch du liebst mich nicht mehr, du willst mich verlassen. Du bist wie alle Männer! Guckst jedem Rock hinterher und besteigst jede, die die

Beine breit macht!" Wutentbrannt schaut sie mich an und brüllt.

„Marie", ich werde nervös, so wie sie fährt, drohen wir noch in den Graben zu fahren. Oder in den Gegenverkehr.

„Kannst du dich bitte Beruhigen und auf die Straße achten, du bringst uns noch um", meine Stimme wird ebenfalls leicht hysterisch.

„Dann bekommt dich wenigstens keine andere und wir sind für immer vereint!" Schreit sie mich an.

Nun ist mir schlecht.

„Du musst ja nicht gleich überreagieren, ich habe doch gar nicht gesagt, dass ich Schluss machen will", fange ich vorsichtig an. Einmal scharf nachdenken, was kann ich sagen um sie zu beruhigen.

„Nur, dass ich etwas mehr Freiraum bräuchte." Himmel, warum habe ich das beim Autofahren angesprochen, ein bisschen dämlich ist das schon!

„Marie bleib auf deiner Fahrbahn!!" Kreische ich laut und versuche ins Lenkrad zu greifen. Der Laster, der uns auf seiner Seite entgegen kommt hupt und schaltet die Lichthupe wie wild, aber Marie reagiert nicht. Sie hält das Lenkrad fest in beiden Händen und somit auf den riesen Kollos von Laster drauf. Den Kampf werden wir verlieren, Maries Auto ist ein Elefantenrollschuh und wird dem LKW nichts entgegen zu setzen haben. David gegen Goliath und es steht schon fest wer den Kürzeren zieht. Beherzt greife ich erneut ins Lenkrad und zerre es nach rechts. Im letzten Augenblick schießen wir an dem Laster vorbei, streifen dessen linke Seite aber noch leicht. Wir werden weggekegelt und drehen uns im Kreis, mehrfach.

„Verdammt Marie tritt die Bremse!" Brülle ich.

Wir drehen und drehen uns, ich höre Metall scheppern. Mir wird schlecht und schwindelig. Im Augenwinkel sehe ich Marie lächeln. Sie ist wahnsinnig, warum habe ich das nicht früher bemerkt! Die Arme nach oben gestreckt lacht sie nun auch noch. Laut und sarkastisch. Ich bete nur, dass hier keine Fußgänger oder Radfahrer irgendwo unterwegs sind, die wir vom Fußweg fegen. Anstatt, wie von mir verlangt, tritt sie nicht auf die Bremse, oh nein, ich höre den Motor aufjaulen. Sie betätigt auch noch das Gaspedal. Wir sind geliefert!

Nun ist es zu viel, ich muss dafür sorgen, dass wir zum Stehen kommen und nicht noch mehr Schwung bekommen. Doch soweit komme ich nicht mehr, meine Überlegung wie ich uns endlich zum Halten bewegen kann, wird von einem dumpfen Knall durchbrochen. Mein Kopf prallt zur Seite und ein stechender Schmerz rechts, durchfährt mich.

„Wir stehen", denke ich noch, dann entgleite ich in die Dunkelheit und ein schwarzes Loch empfängt mich. Ich nehme es dankbar an. Nichts tut mir mehr weh, mein Kopf dröhnt nicht mehr, nur weit weg höre ich um mich rum Menschen wild durcheinanderreden.

KAPITEL 2

Mir brummt der Schädel. Irgendwelche Geräte piepsen. Langsam öffne ich blinzelnd die Augen. Ich liege in einem weißen Raum in einem weichen Bett. Als ich versuche meinen linken Arm zu bewegen ziept etwas.

„Was zur Hölle ist hier los? Wo bin ich?" Verwirrt blicke ich zu meinem Arm wo der Schmerz her kommt. Ah, es steckt eine Kanüle drin welche zu einem Tropf führt. Daher das Ziepen. Erstmal versuche ich meine Gedanken zu sortieren, was ist passiert? Ach ja der Unfall. Wut steigt in mir auf, sie hat tatsächlich versucht uns umzubringen, das ist zu viel, dies übersteigt sogar meine Geduld. Mein Hals ist trocken, mein Körper fühlt sich schmerzhaft an den Unfall erinnert, der Kopf dröhnt. Ich blicke mich im Zimmer um. Ich bin alleine, auch nett. Wo ist die Klingel, ah da. Vorsichtig versuche ich an die Klingel zu gelangen. Warum ist die so weit weg! Mein rechter Arm ist nicht zu gebrauchen, der ist gegipst, im Linken steckt der Tropf. Super gemacht Leute. Und wie in aller Welt soll ich nun an den Knopf gelangen? Autsch, zu arg bewegen ist nicht, dann ziept es im Arm. Die Tür wird geöffnet.

Na endlich.

„Ah, sie sind ja wach", die Schwester ist begeistert.

Ach ne, so eine Blitzmerkerin, ich brauchte noch nicht einmal was sagen! Mit großen Schritten kommt sie mit einem Blutdruckmessgerät auf mich zu. Sie sieht aus wie man sich eine Krankenschwester vorstellt, sich diese allerdings als Mann nicht unbedingt wünscht. Ende fünfzig, etwas voluminös, mit Grauen zu einem Dutt hochgestecktem Zopf. Oh toll, meine Begeisterung wächst, als sie mir das Gerät an den linken Arm befestigt. Es drückt. Ich bin noch nicht einmal ganz wach und werde schon tyrannisiert.

„Kriege ich was zu trinken? Ich habe nämlich Durst!" Maule ich los.

„Sie sind ja ein Scharmbolzen was?" Vorwurfsvoll guckt sie mich an.

Ich seufze.

„Entschuldigung, würden sie mir netterweise etwas zu trinken holen? Mein Hals ist staubtrocken, von meiner Zunge die mir am Gaumen klebt ganz abgesehen", versuche ich es freundlicher, aber auch dieser Satz kommt etwas schärfer als beabsichtigt, was Frau Klink nur ein müdes Lächeln entlockt.

„Ich hole erst einmal den Arzt und auf dem Weg, dann auch das Trinken", zwinkert sie mir zu.

„Danke." Ein wenig Höflichkeit meinerseits ist wohl angebracht. Nach gefühlten Stunden erscheint die Schwester mit einer Schnabeltasse und dem Arzt.

„Eine Schnabeltasse? Wie lange habe ich denn geschlafen oder bin ich abrupt gealtert? Kriege ich kein Glas?" Motze ich rum.

„Na sie sind ja ein Früchtchen, so langsam kann ich die Fahrerin verstehen die sie hierher befördert hat. Waren sie zu der Dame auch so freundlich?" Frau Klink stemmt die Hände in die Hüften und schaut mich vorwurfsvoll an.

Memo an mich selbst, Frauen sind alle etwas bekloppt.

„Aber Frau Klink, wer wird denn gleich den Patienten ärgern." Na Gott sei Dank, ein Arzt, nicht noch so ein verrücktes Weibsbild was mir an den Kragen will. Frau Klink grinst allerdings nur.

„Na junger Mann, wie geht es ihnen denn? Wissen sie noch was passiert ist?" Fragt er mich.

Und ob ich das noch weiß.

„Ja, meine jetzige Ex Freundin wollte uns umbringen! Was ihr scheinbar um ein Haar auch gelungen ist." Ich koche innerlich, wenn ich an den Unfall denke. Plötzlich bekomme ich Angst.

„Wie geht es Marie? Und ist noch jemand verletzt worden? Ich hörte ein Krachen, als wir uns drehten. Bitte sagen sie mir, dass das kein anderes Auto oder schlimmeres war!" Mir wird schlecht bei dem Gedanken, dass wir eventuell jemanden überrollt haben.

„Das müssen sie die Polizisten fragen, ich weiß nichts von weiteren Verletzten, außer ihrer Freundin", beantwortet der Arzt mir bereitwillig meine Frage.

„EX Freundin!" Maule ich erneut. Mensch ist mir schlecht.

„Frau Klink, ich glaube wir brauchen eine Schale. Der Herr sieht etwas grün um die Nase aus", der Arzt zieht die Augenbraun hoch und sieht mich besorgt an. Doch ich reiße mich am Riemen, gerade erst habe ich endlich was zu trinken bekommen, das spucke ich doch nicht wieder aus!

„Sollen wir jemanden für sie informieren, dass sie hier sind? Die Polizei ist schon unterwegs, die haben noch ein paar Fragen." Bemerkt Frau Klink.

Polizei? Nun brauche ich doch eine Schale. Egal was ich bis jetzt von Frau Klink gehalten habe, sie steigt in meinem Ansehen ungemein. Geduldig hält sie mir die Schale, bis ich alles Trinken und noch mein Abendessen vom Restaurant, ausgespuckt habe. Ich laufe rot an. Mein Scharmgefühl funktioniert also noch.

„Vielleicht beim nächsten Mal nicht so hastig trinken und den Schnabel dran lassen von der Tasse", zwinkert sie mir zu und verlässt den Raum mit meiner überfüllten Schale.

„Nun wieder zu ihnen. Ihr rechter Arm ist gebrochen, zum Glück nicht dramatisch, es ist ein glatter Bruch. Der verheilt recht schnell. Der Rest sind nur blaue Flecken, eine kleine Gehirnerschütterung und ein paar Prellungen. Sie hatten wirklich verdammtes Glück. Von dem Auto ist wohl nicht mehr viel übrig, aber da kann ihnen die Polizei mehr zu sagen. Was ihre Freundin, oder eher, ex Freundin angeht. Ihr geht es den Umständen entsprechend gut. Mehr darf ich ihnen dazu nicht sagen", erklärt mir der Doc.

Memo an mich selbst, keinen Streit während einer Autofahrt mit seiner Freundin anfangen. Das heißt, wenn ich jemals wieder etwas mit einer

Frau anfange. Vorerst bin ich geheilt! Frau Klink betritt mit einer neuen Schale und der Schnabeltasse voll mit Wasser das Zimmer.

„Aber nur Schlückchen weise schlürfen!" Ermahnend guckt sie mich an. Ich mag sie irgendwie. Zu putzig, wie sie mich über die Brille hinweg anschaut. Noch nie habe ich verstanden, warum Leute eine Brille anhaben und dort immer rüber gucken. Dann können sie die Brille doch auch weglassen.

Schon stehen zwei Polizisten in der Tür. Klopft hier im Krankenhaus eigentlich keiner an?

„Guten Tag, schön dass sie wach sind. Wie geht es ihnen?" Fragt er mich höflich.

Skeptisch blicke ich die beiden an, ich habe eindeutig zu viele Krimis gesehen, ich traute ihnen nicht.

„Danke gut", antworte ich daher kurz.

„Wissen sie noch was passiert ist?" Fragt mich der große, schlanke Polizist.

Wieso um alles in der Welt fragen mich alle ob ich das noch weiß, ich habe weder Alzheimer noch leide ich an Amnesie. Oder habe ich vielleicht in Koma gelegen und bin inzwischen Mitte sechzig.

„Ja das weiß ich noch, danke", die Antwort ist mal wieder kurz. Der ältere, kleine und dicke Polizist verzieht das Gesicht.

„Dann erzählen sie uns die Vorkommnisse bitte mal aus ihrer Sicht." Ich seufze und erkläre haarklein was geschehen ist.

„Das deckt sich mit den Zeugenaussagen. Hat ihre Freundin sowas früher schon einmal gemacht?" Fragt der große, dünnere von beiden.

„Was?" Ich schnaube. „Versucht mich umzubringen? Ne bestimmt nicht. Dann wäre es schon früher meine EX Freundin geworden! Ist sonst noch jemand verletzt? Ich meine, haben wir jemanden erwischt?" Erneut wird mir übel, ohne dass ich was getrunken habe.

„Ich hörte ein Scheppern, als wir uns drehten, konnte aber nicht sehen, was es war. Es ging alles so schnell." Mein sarkastischer Unterton verwandelt sich in ein leises jammern.

„Nein, keine Sorge. Sie überfuhren zwar ein Fahrrad, aber dieses stand abgestellt auf dem Radweg vor der Laterne, die sie zum Halten brachte." Erklärt der ältere mir. Er klingt fürsorglich.

Ah, eine Laterne, daher der dumpfe Knall.

„Was ist mit Marie?" Vorsichtig versuche ich rauszufinden, was sie hat.

„Viel dürfen wir ihnen nicht sagen, es wird schließlich noch ermittelt und sie sind Zeuge. Sie wird aber sicherlich wegen grober Körperverletzung und Sachbeschädigung angezeigt." Der Jüngere ergreift wieder das Wort. Himmel, können die sich mal einigen, da wird einem ja schlecht bei dem hin und her gucken. Zeuge. Oh klasse, ich wollte schon immer mal gegen meine EX Freundin aussagen. –Ironie aus.

KAPITEL 3

Ein paar Tage muss ich noch im Krankenhaus ausharren. Mein Bruch tut nicht mehr großartig weh, nur der Gips ärgert mich ungemein. Es juckt da drunter. Die Krankenschwester ist schon sichtlich genervt von mir. Doch das ist mir ziemlich egal, ich will nur eins, hier raus. Meine Kumpels kommen mich regelmäßig besuchen und sorgen somit für bessere Laune meinerseits. Ich muss nicht erwähnen, dass ich das ein oder andere Mal zu hören bekomme: „Ich habe es ja immer geahnt, dass die nicht ganz dicht ist." Oder „Ich habe es dir gesagt!" Ja, ja, sowas baute auf.

Nachdem ich endlich aus dem Krankenhaus entlassen werde, machte ich mich erstmal auf den Weg zu meinem Chef. Ein paar Wochen falle ich noch aus, da noch Physiotherapie ansteht, damit mein rechter Arm wieder voll funktionsfähig wird. Also erstmal besprechen wie es weitergehen sollt. Wir sind nur zwei Mitarbeiter. Eine Vollzeitkraft, das bin ich, und eine Aushilfe. Nicht dass mein Chef nicht gewählt wäre noch jemanden einzustellen, nein, so ist das nicht. Ferner findet er keinen, der diese Uhrzeiten arbeiten möchte. Und wenn, dann sind die dem Stress nicht gewachsen oder stellen sich einfach zu dusselig an.

Ich muss an das eine junge Mädchen denken, welches Probe gearbeitet hat und der ein halber Liter Spezi auf dem Tablett hin und her gerutscht ist und schließlich einem Gast in den Nacken kippte. Man war ihr das peinlich, sie kam nicht wieder, obwohl der Gast nicht einmal böse war. Mein Chef war zwar nicht begeistert, aber immerhin meckerte er nicht gleich los, wie bei den anderen beiden Frauen, welche vorher versuchten zu kellnern. Bei den Beiden war allerdings etwas zu viel Geschirr zu Bruch gegangen, so dass er sie mit hochrotem Kopf rauswarf. Nun hat er aufgegeben weiter zu suchen und seine Tochter hilft ab und an mal aus. Jenny hat es besser drauf, sie macht das aber auch schon ihr halbes Leben. Selbst als sie kaum über den Tisch gucken konnte, war sie schon dabei und hatte einzelne Gläser an die Tische gebracht oder Bestecke sortiert.

Sie ist inzwischen zu einer hübschen jungen Dame herangewachsen, muss ich zugeben. Etwas jünger als ich, dunkel blaue Augen, rote lange Haare die sie beim Arbeiten immer keck nach oben gebunden hat und ein Lächeln zum dahinschmelzen. Da es aber nicht gesund ist, sich mit der Tochter des Chefs ein zu lassen, lasse ich lieber die Finger von ihr. Und im Moment habe ich ja sowieso keine Lust auf Frauen. Und das soll auch besser so bleiben. Vorerst.

„Francis, was machst du denn?" Besorgt schaut mein Chef auf meinen immer noch gegipsten Arm.

„Du kannst uns doch nicht so einen Schrecken einjagen", setzt er noch hinzu und drückt mich beherzt an sich.

Was ist denn hier los? Hat er etwas Angst um mich?

„Wie lange fällst du noch aus?" Fragend guckt er mich an.

Aha, da ist der Hund begraben, doch keine Angst um mich, nur zu wenig Personal. Jenny kommt mit einem Stapel Teller in die Küche.

„Ich habe langsam keine Lust mehr hier deine Arbeit zu erledigen du Faulpelz." Sie stellt die Teller gekonnt auf der Arbeitsplatte ab, zwinkert mir zu und knufft mich am gesunden Arm.

Ich bin ein wenig verlegen, ich weiß doch wie viel sie eigentlich für ihr Studium zu tun hat.

„Ein paar Wochen falle ich leider noch aus. Erst muss der Gips ab und dann kommt noch Physiotherapie." Ich seufze.

„Aber vielleicht kann ich ja hinter der Theke schon helfen. Bier zapfen und Getränke einfüllen geht auch einhändig", versuche ich einzulenken. Mein schlechtes Gewissen plagt mich doch arg.

„So war das nicht gemeint du Hornochse. Wer gesund und suche dir das nächste Mal besser eine Frau aus, die dich nicht versucht ins Jenseits zu befördern!" Jenny guckt mich Vorwurfsvoll an.

Ähm ja, das habe ich vor.

Wir unterhalten uns noch einige Zeit und ich helfe noch so gut ich kann beim Tische neu eindecken, Servierten falten und Gläser säubern. Alles gar nicht so einfach mit einem Arm, zumal ich Rechtshänder bin und mir dieser nun fehlt.

Nach zwei Stunden bin ich fix und alle. Himmel ist das anstrengend. Vor meinem Unfall arbeitete ich teilweise Zehn Stunden. Heute bin ich nach Zwei schon so kaputt, als hätte ich Tagelang durchgearbeitet.

„Du siehst nicht gut aus Francis." Jenny sieht mich besorgt an.

„Ich werde auch mal nach Hause fahren, es hat mich doch mehr angestrengt als ich dachte", gebe ich kleinlaut zu.

Langsam kommt sie auf mich zu, streckt sich und gibt mir einen Kuss auf die Wange.

„Lass dich nicht von fremden Frauen ansprechen."

Uh, was ist das denn?

„Ne das habe ich nicht vor. Danke, ich passe auf mich auf. Bis die nächsten Tage." Ich stolpere rückwärts und verlasse fluchtartig das Restaurant.

So gern ich Jenny auch habe, ein Techtelmechtel mit der Tochter des Chefs, kann nur in einem Chaos enden. Nicht dass ich sie nicht attraktiv finde. Sie sieht wunderschön aus mit ihrem roten Haaren und der schlanken Figur mit den üppigen Brüsten. Aber meine Abenteuerlust ist fürs Erste gedeckt und sie bleibt nun mal die Tochter meines Vorgesetzten. Ich glaube kaum, dass er das gutheißen würde. Sie ist seine einzige Tochter, generell sein einziges Kind und er begutachte jeden Freund und jeden Jungen in Ihrer Nähe mit Argusaugen. Ich wäre sicherlich nicht sein Wunschkandidat. Gedankenverloren schlendere ich zur Bushaltestelle. Da ich nur einen Arm zur Verfügung habe fällt Autofahren erstmal weg und ich bin auf den Bus angewiesen.

Was sich angesichts der miserablen Busverbindung als schwierig erweist. Da das Restaurant am Strand liegt fahren hier zwar Busse, aber ich wohne auf einem kleinen Dorf, in der Nähe der dänischen Grenze und dort fahren kaum Busse hin. Ich muss also bis zur nächstgrößeren Stadt fahren und von dort aus dann laufen, was mich nicht gerade in Begeisterungsstürme ausbrechen lässt. Der Bus hält und ich überlege kurz ob ich mir ein Taxi rufen soll. Entgegen der Wünsche meiner Füße entscheide ich mich aber zu laufen. Dabei kann ich nachdenken und meinen Gedanken einfach hinterher hängen. Also schlendere ich los Richtung zu Hause. Ein Hupen holt mich aus meinen Gedanken.

„Hi kleiner, soll ich dich mitnehmen? Was machst du hier so allein", ertönt es neben mir. Es ist Marta, eine Bekannte aus meinem Dorf.

„Eigentlich steige ich nicht mehr zu fremden Frauen ins Auto", zwinkere ich, steuere aber schon auf die Beifahrerseite zu.

„Ok dann musst du wohl laufen." Lachend gibt sie wieder Gas, bremst aber zwei Meter weiter wieder.

„Na los steige ein bevor dich wieder eine Verrückte einsammelt", scherzt sie.

Haha, sehr witzig. Ob diese Witze auf meine Kosten irgendwann aufhören?

„Wo kommst du denn her um diese Uhrzeit?" Marta klingt besorgt, dabei kennen wir uns gar nicht so gut. Ein paar Mal haben wir uns gesehen, da ihr Freund mein Dach gedeckt hat und sie ihm häufig Mittag vorbeibrachte. Sie sind ein tolles Paar. Wie im Bilderbuch. So liebevoll gehen sie miteinander um, ohne dass es kitschig wirkt. Wir reden noch einige Zeit, sie ist wirklich sehr nett. Ich bin allerdings sehr kaputt und verabschiede mich alsbald von ihr. Mein Bett ruft.

KAPITEL 4

Eine ganze Weile habe ich noch mit dem blöden Gips zu tun. Schön ist das nicht. Es juckt und kratzt da drunter. Himmel noch eins, das ist ja Folter! Nach drei Wochen bekomme ich diesen dann doch endlich ab. Was eine Wohltat, nur wie sieht mein Arm aus. Weiß, mit Falten und dürr irgendwie. Die Arzthelferin hatte wohl meinen entsetzten Gesichtsausdruck gesehen, lachend erklärt sie mir, dass dies normal sei. Normal, was ist schon normal. Das sieht komisch aus. Ich kann ihn zwar bewegen, aber Kraft habe ich nicht in diesem Arm. Nicht einmal eine Feder könnte ich damit verbiegen. Mir wird erklärt ich muss regelmäßig zur Physiotherapie, damit der Arm wieder an Kraft gewinnt und die Muskeln ihre Arbeit wieder aufnehmen.

Aha, das tun sie gerade definitiv nicht. Das habe ich in der Praxis gleich getestet. Mir fällt prompt der Kugelschreiber runter. Die Dame an der Rezeption funkelt mich böse an: „Na da bin ich ja froh, dass das kein Glas war. Geben sie dem Arm Zeit. Nicht zu viel machen und befolgen sie die Anweisungen der Physiotherapeuten um Himmels willen!" Ja klar denke ich, hebe den

Kugelschreiber erneut mit der linken Hand auf und gehe schmollend los. Auto fahren wird ja heiter, da sollte ich erstmal auf einem leeren Parkplatz üben. Warum musste es auch unbedingt den rechten Arm treffen. Seit ich nicht mehr arbeite, bin ich maulig geworden. Es wird Zeit, dass ich wieder ins Restaurant gehen kann. Dieses zu Hause rumsitzen macht mich wahnsinnig. Vielleicht ist das das Problem von Marie gewesen, sie war zu viel zu Hause. Ich schüttle den Kopf, über sie möchte ich eigentlich nicht mehr nachdenken. Es reicht mir, dass mir der Prozess noch bevorsteht. Mich gruselt es bei dem Gedanken mit ihr in einem Gerichtssaal zu sitzen und die Geschichte erzählen zu müssen. Schlimme Alpträume plagen mich seit dem Unfall. Alleine bei dem Gedanken an sie bekomme ich eine Gänsehaut.

Die Physiotherapie läuft schleppend. Es geht nicht so schnell voran wie ich hoffte. Mein Arm will einfach nicht so wie ich. Der Trainer meint zwar, es sei normal, aber es muss doch auch schneller gehen verdammt. Nach der Therapie bin ich immer sehr erledigt. Es ist anstrengend, auch wenn es nur einen Arm betrifft. Geduld ist nicht gerade meine Stärke. Autofahren funktioniert wenigstens wieder, dieses ewige auf den Bus angewiesen sein ist mir ein Graus. Ich helfe ab und an schon im Restaurant aus. Nur Kleinigkeiten kann ich erledigen, aber immerhin. Dem Chef ist es zwar unangenehm, da ich ja noch krankgeschrieben bin, aber ich kellnere ja nicht richtig. Wasche nur die Gläser und schenke Getränke ein. Sie können meine Hilfe gut gerbrauchen. An Teller herum tragen ist nicht zu denken, dann hätten wir schnell einen Polterabend mit Essen. Ich denke aber, in zwei oder drei Wochen bin ich wieder voll einsatzfähig. Jenny baggert mich häufiger an, was mir doch sehr unangenehm ist. Wir müssen dringend darüber reden. Auf komplizierte Frauengeschichten habe ich gerade so gar keine Lust. Bevor ich mich wieder auf eine Frau einlasse, muss ich erstmal den Prozess hinter mich bringen. Vorbelastet in eine Beziehung zu stürzen ist nicht schlau. Außerdem genieße ich das Singledasein gerade sehr. Mit den Freunden abhängen, ausgehen, flirten ohne dass man jemanden was erklären muss, gefällt mir. Wobei ich zugeben muss, wenn ich Marta und ihren Freund sehe, dann bin ich etwas neidisch. So eine Beziehung hätte ich auch gerne. Aber alles kann man halt nicht haben.

KAPITEL 5

Marie liegt noch einige Zeit im Krankenhaus, danach wird sie sofort in eine Psychiatrie verlegt, wo sie bis zum Prozess bleibt. Sie hat ein paar Mal nach mir fragen lassen, ich will sie aber nicht sehen. Irgendwann hat sie wohl aufgegeben. Der Prozess rückt immer näher und mir wird mulmig. Marta und Klaus sind mir eine große Hilfe. Wir sitzen viel, reden und sie machen keine blöden Sprüche wie meine anderen Freunde. Ich habe das Gefühl ich bin durch die Sache gereift oder doch eher gealtert. Vielleicht liegt es an der Nahtoderfahrung, ich weiß es nicht. Klaus und Marta begleiten mich auch am Tag der Tage zur Verhandlung. Ich schlucke, als ich morgens in den Spiegel schaue. Meine Augen gucken aus schwarzen Höhlen hervor, meine Wangen sind etwas eingefallen und ich bin Aschfahl. Die schlaflosen Nächte der vergangenen Tage sieht man mir sehr deutlich an. Auweia, was hat sie nur mit mir gemacht. Sie verfolgt mich immer noch, dabei ist es schon ein paar Wochen her. Um kurz nach neun klingt es. Das müssen Marta und Klaus sein, die mich abholen möchten. Klaus meinte, es ist keine gute Idee, mich selbst fahren zu lassen. Die beiden haben sich extra frei genommen den

Tag. Auch ich muss noch nicht ins Restaurant den Tag. Jenny springt noch einmal ein. Erst erwog sie ebenfalls ins Gericht zu kommen. Das halte ich allerdings für keine gute Idee. Wenn Marie sie da sieht, flippt sie sicherlich selbst vor Gericht noch aus. Wobei, das kann eh bei jeder Frau der Fall sein, welche im Gerichtssaal sitzt, egal ob diese mit mir da ist, oder auch nicht. Langsam gehe ich zur Tür meiner kleinen, gemütlichen zwei Zimmer Wohnung. Sie ist nicht sehr groß oder geräumig, reicht aber für mich als Junggesellen allemal. Ich zahle nicht sehr viel Miete, muss dafür etwas im Garten des Vermieters helfen. Das ältere Ehepaar kann sich nicht mehr so gut um den Garten kümmern und braucht daher etwas Hilfe. Da ich eine Affinität für Blumen, alles was grünt und blüht habe, mache ich das sehr gerne. Das übrige Geld kann ich sparen, um mir irgendwann mal mein eigenes Reich zu kaufen. Denn genau das ist mein Plan. Irgendwann ein eigenes Haus, mit Garten zu haben und eine Familie gründen.

Aber das liegt noch in weiter Ferne. Marie hat mir das Vertrauen zu Frauen erstmal gründlich vermiest.

Im Gericht tobt schon ordentlich der Bär. Emsiges Treiben beherrscht den Flur. Ich komme mir vor wie im Taubenschlag. Alles läuft wild hin und her und tausend Stimmen quasseln durcheinander. Das ist mir zu viel hier, wie kann man hier nur arbeiten! Marta scheint meinen Gesichtsausdruck richtig zu deuten.

„Geht es dir nicht gut Francis?" Besorgt schaut sie mich an.

„Doch, doch, alles gut", lüge ich. Ihre Augenbraue geht nach oben, sie glaubt mir also nicht. Gut lügen kann ich scheinbar immer noch nicht. Umso länger wir vor dem Saal sitzen, umso mulmiger wird mir. Ab und an geht die Tür mal auf und jemand wird rein gerufen. Ich kenne die Menschen nicht, welche mit uns warten. Dann höre ich meinen Namen und schlucke noch einmal. Marta und Klaus klopfen mir noch einmal aufmunternd auf die Schulter, bevor ich reingehe. Nun nur nicht den Mut verlieren und vor allem die Nerven behalten.

Drinnen sieht es aus wie man es sich vorstellt. Dunkle Holzbänke und ganz vorne der Richter. Na wenigstens ein Mann, bei einer Frau wäre mir anders geworden.

Marie sitzt vorne und guckt mich an. Aus ihrem Blick werde ich nicht wirklich schlau, ist sie beschämt oder eher feindlich? Ich kann es nicht deuten.

Ich darf mich setzen und der Richter erklärt mir die Sachlage sowie meine Pflichten. Das übliche Prozedere, was ich bisher nur aus dem Fernsehen kenne. Ich hatte mir ein paar Tage vorher Gerichtssendungen angeschaut und gehofft ich wäre dann vorbereitet. Weit gefehlt, es ist ganz anders im Fernsehen und ich total aufgeregt und nervös. Dabei bin nicht ich angeklagt, sondern nur Zeuge.

Mir werden ein paar Fragen gestellt, welche ich wahrheitsgemäß beantworte.

„Und ihnen war nicht klar wozu ihre Freundin fähig ist?" Der Richter guckt mich schief an.

Was denkt der denn?

„Meine EX Freundin. Und nein, dann wäre ich nicht eingestiegen und hätte sicherlich schon früher Schluss gemacht." Ein kleiner, sarkastischer Unterton lässt sich meinerseits nicht vermeiden. Gefiel dem Richter scheinbar nicht ganz er funkelt mich etwas böse an. Plötzlich springt Marie auf und brüllt los: „Du kleiner, dreckiger Misthaufen. Du bist wie alle Kerle! Wusste ich doch, dass du hinter anderen Weibern her bist! Du gehörst mir! Dich darf keine andere haben!"

Marie tobt und schreit.

Mir ist übel.

„Du bist ein mieser Scheißkerl, der alles vögelt was rumläuft. Das lasse ich mir nicht gefallen! Du wirst es noch bereuen!"

Der Richter widmet sich nun ihr und maßregelt sie.

Mir ist allerdings schleierhaft, wie ich mich so in ihr täuschen konnte. Der Anwalt hat alle Hände voll zu tun, sie zu beruhigen und auch der Richter redet auf sie ein.

Ich verstehe ja nicht viel von diesen Dingen, aber ich bezweifle, dass das gerade gut für das Urteil ist. Zumindest aus Maries Sicht. Ich hoffe sie bleibt für lange Zeit eingesperrt. Zu ihrem und meinem Besten.

Ihre Augen schauen mich mehr als eisig an und mir läuft es eiskalt den Rücken runter. Nach diesem Tobsuchtsanfall, darf ich mich hinten in die Besucherreihen setzen, wo schon die anderen sitzen. Da drunter sind auch ein paar Zeugen des Unfalls, unter anderem der Lasterfahrer. Dieser klopft mir auf die Schulter, als ich mich an ihm vorbei drücke um an den leeren Platz zu gelangen. Er raunt mir ein: „Glück gehabt" zu. Was immer er auch damit meint, ich denke er hat Recht. Ich kann froh sein, heile, oder eher gesagt, fast heile, aus der Beziehung rausgekommen zu sein.

Meine Übelkeit ebbt langsam ab.

Der Prozess ist bald zu Ende, worüber ich sehr froh bin. Marie muss noch mehrmals zur Ruhe gebeten werden, immer wieder brüllt und schreit sie los. Ihr Anwalt läuft puterrot an zwischendurch. In seiner Haut möchte ich ebenfalls nicht stecken. Das Urteil wird nicht gleich verkündet, was mir nur recht ist. Ich bin ausgelaugt, möchte nach Hause und muss nicht wissen wie lange sie wo ist. Das einzige was mir wichtig erscheint, ist das sie nicht in meiner Nähe bleibt.

Marta und Klaus bringen mich nach Hause. Eigentlich wollen sie gerne mit mir Essen gehen, zur Feier des Tages, wie sie es nennen, aber ich will nur noch nach Hause. Eine heiße Dusche und dann ab ins Bett. Am nächsten Tag muss ich schließlich wieder arbeiten und das inzwischen wieder etwas länger und mehr. Mein Arm macht Fortschritte und ich kann immer besser mit den Tellern jonglieren. Auf meiner Mailbox zu Hause sind mehrere Anrufe. Nanu? Beim Abhören stelle ich fest, es ist mehrfach mein Chef, Jenny und auch ein paar Freunde, die hören wollen wie der Prozess gelaufen ist und wie lange „die Irre", wie sie mein Kumpel so nett nennen, weggesperrt ist. Nette Formulierungen haben die drauf. Ich rufe alle Morgen zurück, heute nicht mehr, springe unter die Dusche, schnappe mir ein Bier und falle ins Bett. Schon wieder klingelt das Telefon. Können die mich nicht in Ruhe lassen? Genervt schlendere ich aus dem Bett und ziehe den Stecker vom Telefon raus. So, nun ist Ruhe. Feierabend für heute. Morgen erzähle ich euch alles Leute, Morgen.

KAPITEL 6

Etwas gerädert stehe ich am nächsten Morgen auf. Gut geschlafen habe ich nicht gerade. Eher sehr unruhig. Immer und immer wieder durchlebte ich den Unfall. Hoffentlich ist das bald vorbei. So bekomme ich nicht viel Schlaf und das wiederum bekommt meinem hübschen Gesicht so gar nicht. Das brauche ich aber schließlich um ein ordentliches Trinkgeld zu bekommen. Mein hinreißender Scharm alleine, reicht leider nicht aus.

Irgendwie versuche ich also Schadensbegrenzung zu machen, dusche im Wechsel kalt und warm, was ich eigentlich ungern tue und schmiere mir irgendeine Creme ins Gesicht. Diese verspricht in der Werbung, dass man frisch und unwiderstehlich aussieht. Mit hochgezogenen Augenbrauen begutachte ich das Ergebnis im Spiegel. Frisch sehe ich vielleicht etwas aus, aber sehr stark helfen tut das Zeug ja nicht. Ich seufze, aber es hilft ja nichts. Ab zur Arbeit, da kann ich wenigstens abschalten. Heute ist eine Gesellschaft angemeldet und wir haben alle Hände voll zu tun. Eine Geburtstagsfeier mit etwa sechzig Mann, von einer Freundin des

Chefs, findet ab dem Nachmittag statt. Das bedeutet viel Arbeit, aber meistens auch sehr gutes Trinkgeld. Auch Jenny muss wieder mit einspringen, alleine schaffe ich das nicht. Hoffentlich lässt sie mich wenigstens in Ruhe, so langsam wird es wirklich sehr unangenehm, wie sie um mich rumläuft. Aber vor den Kopf stoßen will ich sie auch nicht.

Zum Glück kann ich inzwischen wieder alleine Auto fahren, der Bus ist immer sehr voll. Was auch klar ist, hier fahren ja kaum Busse. Einmal die Stunde, außer Schulbusse, die fahren häufiger, diese darf man aber nicht nehmen. Das habe ich schon versucht. Klappt nicht. Ich sehe wohl doch zu alt aus.

Fast war ich den Tag gekränkt, als die Busfahrerin mir nicht abnahm, dass ich noch zur Schule gehe. Sie ließ mich einfach stehen und schüttelte den Kopf. Ich wartete somit eine geschlagene Stunde auf den Linienbus. Mitten im Regen. Frauen können grausam sein. Das Bushäuschen, welches hier eigentlich steht, fiel dem Sturm ein paar Tage zuvor zum Opfer.

Lauthals und sehr schief singe ich den Titel im Radio mit. Auch etwas, was ich sehr vermisste, als ich mit Bus fuhr. Die Mitfahrer fanden es nicht klasse, wenn man laut mitsingt. Viele böse Blicke trafen mich mehrfach.

Ich habe eine etwas längere Fahrt zum Restaurant, geschlagene vierzig Minuten brauche ich, da meine Wohnung sehr außerhalb ist und meine Arbeit am anderen Ende der Stadt liegt. Ich könnte auch umziehen, aber ich hänge an meiner Wohnung. Und sie ist günstig.

Im Restaurant herrscht schon emsiges Treiben. Jenny faltet schon die Servierten zu kleinen Schwänen, der Chef rückt die Tische mit dem Koch hin und her und holt die Stühle aus dem Keller. Ich ziehe mich schnell um und fange an zu dekorieren, die Stühle ordentlich hinzustellen und das Besteck zu polieren. Alles muss glänzen und schick gemacht werden. Das ist das Aushängeschild eines Restaurants. Neben dem guten Essen, wie der Koch immer wieder betont, wenn der Chef mal wieder große Reden schwingt. Die Stimmung ist gelöst, die Gäste kennen wir, sie feiern jedes Jahr bei uns und sind immer sehr zufrieden. Die Tafel ist wunderschön hergerichtet. In der Mitte stehen kleine Schiffe aus Glas, in denen drei gelbe Rosen mit etwas grün drum herum, drapiert sind. Dazwischen hat Jenny kleine Schiffe aus Papierservierten gefaltet. Aber nicht so einfache wie man sie als Kinder faltet, nein das sind kleine Kunstwerke. Richtig mit Mast und kleinen Fähnchen dran. Ich bewundere gerade die kleinen Boote, als Jenny mir in Ohr raunt: „Der Mann, welcher Geburtstag hat, war Kapitän. Die Frau möchte, dass ihn alles daran erinnert. Er fühlt sich auf dem Wasser sehr wohl und vermisst es, die Schiffe zu lenken."

Mir ist mulmig zu Mute. Jenny ist mir deutlich zu Nahe! Schnell stelle ich das Schiff wieder zurück und suche das Weite. Hinter mir ertönt ein helles Lachen. Sehr witzig, Jenny, sehr witzig. Sie macht es also mit Absicht. Nun schmolle ich. Wenn sie unbedingt will! Wie sagen die im Fernsehen immer so schön: Challenge accepted. Das kann ich auch.

Jenny drapiert die letzten Schwanenservierten auf den Tellern, als ich mich von hinten ganz leise anschleiche. Ganz dicht stelle ich mich hinter sie, so dass kein Blatt mehr zwischen uns passt, greife an ihr vorbei und lege die frisch polierte Gabel neben den Teller. Dabei streife ich ganz leicht ihren Arm mit dem unteren Ende der Gabel, so dass sie eine Gänsehaut bekommt. Ha, was du kannst, kann ich schon lange. Grinsend drehe ich mich um und gehe, während Jenny wie erstarrt stehen bleibt.

Der Abend ist wie erwartet. Die Frau freut sich sehr über die Deko, der Mann eigentlich ebenfalls, zeigt dies aber nicht. Jenny legt es immer wieder drauf an mich aus dem Konzept zu bringen. Sie flirtet zeitweilig sogar ganz offen mit mir, was mich am meisten durcheinanderbringt, da ihr Vater neben uns steht. Mir sind fast die Teller von der Hand gerutscht. Mein Chef grinst nur, ich finde es hingegen eher nicht lustig.

Die Feier geht recht lange, bis fast in die Nacht hinein. Meinem Arm merke ich es deutlich an, das war zu viel des Guten. Immer und immer wieder bestellt der kleine Rest an Leuten Getränke. Es ist nur noch eine kleine Gruppe von Jüngeren übrig, welche noch tüchtig feiern. Irgendwann bittet mein Chef aber auch diese, freundlich, aber bestimmt, zu gehen.

Langsam und total übermüdet fahre ich nach Hause. Meine Gedanken sind aber noch bei Jenny. Will sie mich und ihren Vater nur ärgern, oder will sie wirklich was von mir. Ne das kann nicht sein. Den letzten Gedanken verwerfe ich schnell, sie hat garantiert nur Spaß daran mich aus dem Konzept zu bringen und zu flirten. Ich bin doch ein paar Jahre zu alt. Und wenn sowas in die Hose geht bin ich nicht nur meine Freundin, sondern auch meinen Job los. Und den brauche ich wirklich dringend.

Diese Nacht träume ich endlich mal nicht, ich bin wohl zu kaputt vom Abend zuvor. Oder die Nacht ist nicht lang genug, das kann auch sein. Ich kam spät ins Bett, aber mein Wecker klingelt trotzdem früh. Mit missbilligenden Blicken strafe ich diesen. Warum habe ich den noch gleich so früh gestellt? Ach ja, Meine Vermieter will den Garten schön hergerichtet haben. Ich seufze und schlappe ins Bad. Oh je, mein Spiegelbild sieht ja noch fürchterlicher aus, als ich mich fühle. Die Creme wirkt wirklich nicht sonderlich gut. Ob man sich beschweren kann? Langsam trotte ich in die Küche, koche Kaffee und stolpere wieder ins Bad um eine Dusche zu nehmen.

Vielleicht weckt mich diese ja endlich.

Das tut sie natürlich nicht, dafür mag ich warm duschen zu sehr. Nicht im Traum würde mir einfallen lauwarmes oder gar kaltes Wasser zu benutzen.

Nach fünfzehn Minuten schleppe ich mich aus meiner warmen Dusche, trockne mich ab und stopfe mir einen Apfel im Gehen in den Mund. Für ein richtiges Frühstück ist es noch deutlich zu früh. Mein Vermieter wartet schon auf mich, er ist, im Gegensatz zu mir, ein Frühaufsteher.

Zugegeben, er geht sicherlich auch früher ins Bett als ich. Gähnend nehme ich die Gartengeräte und schneide den ganzen Vormittag die Rosen, jäte das Unkraut und pflanze neue Blumen. Gegen Mittag ruft seine Frau mich zum Essen. Sie kann wirklich super kochen. Heute gibt es Erbsensuppe. Ich liebe ihre selbstgemachte Suppe. Sie ist einfach perfekt mit ganz viel leckerem Speck. Bei dem Duft läuft mir das Wasser im Mund zusammen. Nicht gegen unseren Koch Karlos, aber das hier ist der Himmel auf Erden. Voller Hunger stürze ich mich auf zwei volle Teller der leckersten Suppe auf Erden und bin kurz vor dem Platzen, als sie mir einen dritten auffüllen möchte. Das verneine ich lieber, sonst komme ich nicht mehr vom Stuhl hoch oder der bricht unter mir zusammen. Außerdem muss ich ja später noch arbeiten.

KAPITEL 7

Nachdem ich den Garten schön herrichtete, dusche ich schnell erneut um die Gäste nicht zum Weglaufen zu animieren und stürze ins Auto. Ich muss mich ziemlich beeilen um nicht zu spät zu kommen. Im Garten habe ich doch noch zu lange gebraucht heute. Aber immerhin bin ich fast fertig geworden und er sieht toll aus.

Im Restaurant angekommen, stelle ich fest, dass auch Jenny wieder da ist. Himmel, hat sie nichts anderes zu tun, lernen oder so. Ich mag sie inzwischen zu sehr und es reizt mich mit ihr zu flirten. Es macht Spaß und auch körperlich finde ich sie sehr anziehend. Immer und immer wieder kommt sie mir sehr nahe. Und sei es nur um sich bei mir durchzudrängeln, wo dafür eigentlich kein Platz ist. Sie könnte auch einfach warten, aber ich glaube sie macht es absichtlich. Selbst in meiner Hose regt sich langsam was, ich muss mich immer wieder ablenken, wenn sie mit ihrem wohlgeformten Hintern an mir langstreift. Mein Chef, ihr Vater, hebt das eine mal eine Augenbraue. Mir wird speiübel als ich ihn anblicke und dieses bemerke, Jenny lässt es allerdings völlig kalt, sie grinst ihn nur frech an. Wo soll das nur hinführen.

Endlich ist der letzte Gast gegangen und wir können aufräumen. Jenny besteht da rauf mir zu helfen und schickt Karlos nach Hause. Ihr Vater ist schon längst gefahren, somit sind wir alleine. Wohl ist mir dabei nicht, aber was kann ich schon dagegen tun. Sie ist schließlich die Tochter des Chefs und wenn dieser nicht da ist, hat sie das Sagen!

Ich trockne gerade die letzte Gabel ab, als ich sie hinter mir spüre. Mit ihren langen, schlanken Fingern greift sie an mir vorbei und nimmt sich einige Löffel aus dem Besteckkasten. Dabei streift sie, mich an meiner Seite und ich bekomme eine Gänsehaut. Ich wage mich kaum zu bewegen, da Jenny hinter mir stehen bleibt während sie die Löffel abtrocknet. Immer wieder streift sie mich, als sie sich neues Besteck zum Abtrocknen greift.

Langsam wird mir mulmig zu Mute. Ich muss hier weg und was anderes machen. Tische rücken oder so.

„Das restliche Besteck schaffst du sicherlich alleine. Ich gehe mal die Tische richtig hinstellen", erkläre ich, während ich versuche mich umzudrehen um zu verschwinden. Diesen Versuch durchschaut sie allerdings und hat scheinbar nicht vor mich davon kommen zu lassen.

„Das können wir gleich zusammen machen, deinem Arm hast du die letzten Tage schon genug zugemutet." Mit diesen Worten streicht sie sachte an meinem rechten Arm auf und ab.

Ich schlucke und höre sie leise lachen hinter mir. Jenny dreht mich um und ihr lächeln raubt mir den Atem. Kein Blatt passt mehr zwischen uns und zwischen meinen Beinen regt es sich nun ebenfalls. Keine gute Idee versuche ich mir einzureden. Doch Jenny scheint dieses egal zu sein. Sie streichelt weiterhin meinen rechten Arm und schaut mir tief in die Augen. Mit der anderen Hand streift sie über meine Lippen, über meine Wange zu meinen Haaren. Ich wage mich nicht zu bewegen, obwohl meine Hände gerne ihren Körper erforschen wollen. Zu lange hatte ich schon keine Frau mehr.

Als sie ihre Hände sich in meine Haare verkrallt und mich zu sich ran ziehen gibt es allerdings kein Halten mehr. Ihre Lippen drückt sie auf meine und ich versenke meine Hände ebenfalls in ihre wundervollen roten Haare. Gott fühlt sich das gut an. Ich öffne ihren Zopf und zerwühle ihre Haare ohne von ihr abzulassen. Ich will sie! In diesem Moment ist mir alles egal, mein Chef, mein Job und auch dass ich mit ihr nichts anfangen wollte. Mein Gehirn ist wie leergefegt. Ich hebe sie hoch und ihre Beine klammern sich bereitwillig um meine Hüften. Langsam gehe ich Richtung Aufenthaltsraum, die Küche ist nicht gerade gemütlich für mein Vorhaben. Rücklings setze ich Jenny auf den Tisch, schiebe die Blumen zur Seite und lasse kurz von ihr ab. Schwer atmend schaut sie mich an und knöpft ihre Bluse auf. Zum Vorschein kommen zwei wunderschöne große Brüste, welche von einem lila spitzen BH gehalten werden. Bedeckt kann man hier nicht sagen, viel Stoff ist da nicht wirklich dran. Dies ist einer dieser BHs, welche nur dafür da sind uns Männer wild zu machen. Ziel erreicht!

Wieso trägt sie bei der Arbeit so aufreizende Unterwäsche. Lange nachdenken kann ich darüber allerdings nicht. Schon hat sie ihre Bluse zur Seite geworfen und macht sich an meinem Hemd zu schaffen. Jeden Knopf öffnet sie ganz langsam, berührt kurz die Haut da drunter, küsst jeden Zentimeter der zum Vorschein kommt und lässt mich dabei nicht aus den Augen. Diese Frau bringt mich um den Verstand. Das dauert mir zu lange, ich öffne schnell die letzten drei Knöpfe selber und lasse mein Hemd zu Boden fallen. Jenny scheint es zu gefallen, sie lächelt mich an und widmet sich meiner inzwischen viel zu engen Hose. Ihre Lippen liebkosen indessen meinen Bauch. Himmel sie macht mich irre! Lange halte ich das nicht mehr aus. Ein leises Pfeifen entfährt ihr, als meine Hose zu Boden geht.

Endlich entledigt sie sich auch ihrer Hose und wir lieben uns.

Ich werde den Aufenthaltsraum ab heute mit anderen Augen sehen fürchte ich. Und nicht nur diesen!

Schwer atmend und völlig verschwitzt sehe ich Jenny an. Sie sieht auch nicht besser aus, wie sie da auf dem Boden liegt, mitten im Restaurant. Zum Glück hat ihr Vater, mein Chef, einen Teppich mitten im Raum liegen. Ein Kinderspielteppich in der Spielecke, aber nun gut, Teppich ist Teppich.

Auch diesen sehe ich ab heute mit anderen Augen.

Jenny öffnet die Augen und lächelt: „Gut gemacht kleiner Franzose."

Mir fehlen gerade allerdings die Worte. Es war nicht mein erster one night stand, aber das habe ich auch noch nicht erlebt. Ohne jeglichen Charme drückt sie mir einen Kuss auf die Wange, steht auf und zieht sich an. Ich bleibe verdutzt liegen.

„Willst du dich nicht anziehen? Wir müssen noch den Rest in Ordnung bringen. Oder willst du meinem Vater erklären warum wir nicht fertig wurden?" Mit einem frechen Grinsen schaut sie mich an.

Oh ne, das möchte ich nun wirklich nicht. Schnell springe ich auf die Füße, sammle meine Sachen zusammen, ziehe mich an und helfe Jenny beim Tische geradestellen und Tresen aufräumen.

Das muss ich erstmal verdauen. Irgendwie komme ich mir benutzt vor, aber glücklich. Hat sie das geplant? Macht sie sowas etwa öfter? Verwirrt fahre ich nach Hause. Wie zu Teufel soll ich ihr nun begegnen? Und ihrem Vater? Ich hätte nachdenken sollen bevor ich das tue. Aber wer kann bei so einer Frau schon wiederstehen oder gar nachdenken!

KAPITEL 8

Etwas mulmig ist mir am nächsten Tag ja doch zu Mute. Nach einem Blick in den Spiegel bin ich der Meinung mir sieht das jeder sofort an der Nasenspitze an, ich grinse viel zu breit. Zum Glück habe ich ja während der Fahrt noch lange Zeit dieses Grinsen aus dem Gesicht zu bekommen. Es gelingt mir scheinbar nicht ganz.

„Was ist denn mit dir passiert?" Mein Chef guckt mich mit einem Lächeln auf dem Gesicht an.

Auweia, weiß er was? Dann bin ich wohl gleich arbeitslos.

„Wieso?" Stelle ich mich ahnungslos.

„Du grinst so. Neue Freundin am Start?" Er blickt mich eindringlich an.

Oh Gott, er weiß was, garantiert.

Mir wird schlecht.

„Hoffentlich nicht wieder so eine Verrückte. Hast doch daraus gelernt, oder etwa nicht?" Setzt er hinzu bevor ich antworten kann.

Scheinbar ahnt er doch nichts. Mein Magen beruhigt sich wieder.

„Ne, ich habe nur gut geschlafen und dadurch gute Laune", lüge ich.

Jenny arbeitet heute zum Glück nicht. Ich weiß gar nicht wie ich ihr begegnen soll. Was denkt sie nun über mich, über uns? Will sie eine Beziehung? Hoffentlich nicht. Kopf schüttelnd denke ich nach. Ich mag sie ja, sehr sogar, aber eine Beziehung? Nein, dafür reicht es noch nicht. Aber was denkt sie da drüber. Fragen über Fragen und ich Trottel weiß mal wieder keine Antwort. Super gemacht Loverboy. Es ist zum Haare raufen. Schon wieder so eine komplizierte Frauengeschichte! Dabei bin ich aus der einen gerade mal um Haaresbreite mit dem Leben davongekommen. Aus dieser gehe ich vielleicht mit dem Leben, dafür ohne Job. Ich bin auch wirklich zu blöd.

Diesen Tag sollte ich lieber aus meinem Kalender streichen. Durch das viele Nachdenken werfe ich die Bestellungen durcheinander, verpatze Extrawünsche und lasse Teller mit Essen fallen. Oh super, wenn ich meinen Job nicht verliere, weil ich mit der Tochter des Chefs geschlafen habe, tue ich dieses, weil ich zu viel kaputt mache. Er guckt mich nach dem dritten Teller schon langsam wütend an, was ich durchaus verstehen kann. Das ist ja sonst nicht meine Art.

„Was zum Teufel ist mit dir los heute, Francis?"
Vorwurfsvolle Augen gucken mich an.

„Ich weiß nicht, irgendwie bin ich nicht bei der
Sache. Es tut mir leid", versuche ich mich zu
entschuldigen.

„Das merke ich. Wenn du krank bist, bleibe zu
Hause, ansonsten reiße dich am Riemen,
verdammt!" Mit diesen Worten zieht mein Chef
erbost von dannen.

Den Rest des Abends bringe ich irgendwie
hinter mich ohne noch weitere Scherben zu
Verursachen.

Zumindest Teller bleiben heile, ein Glas geht
mir dann doch noch kaputt und ich schneide
mich bei dem Versuch es aufzuheben. Ich seufze.
Was ein Anfängerfehler.

Die Tage ziehen ins Land und ich bin wieder
mehr bei der Sache. Teller bleiben heile und auch
die Gläser zerspringen nicht mehr, wenn ich diese
abwasche. Jenny brauchte schon länger nicht
mehr helfen, so dass ich sie wenigstens nicht zu
sehen brauche. Das bringt mir zwar etwas Ruhe
ein, aber mich auch nicht unbedingt weiter, da ich
immer noch nicht weiß was sie möchte oder was
das für sie war. Aber eins nach dem anderen. Ihr
Vater scheint nichts zu ahnen. Zumindest

behandelt er mich normal und ich wurde immerhin noch nicht gefeuert.

Auch nachts kann ich langsam wieder besser schlafen. Der Prozess ist schon eine ganze Weile her und ich werde ruhiger. Nur noch selten plagen mich Alpträume in denen Marie wild lachend mit einem Auto auf mich zurast oder mich mit einer Axt verfolgt. Ich sollte weniger Horrorfilme gucken. Manchmal hat sie eine dieser fürchterlichen weißen Masken auf, oder wartet auf der Rückbank meines Autos auf mich.

Zu alledem hat sich Jenny auch noch in meine Träume geschlichen. Manchmal steht sie neben Marie und verfolgt mich ebenfalls mit einem Messer oder einer Axt. Oder mit einem Hochzeitskleid, je nachdem was für einen Film ich mir den Abend zuvor angesehen habe. Ich weiß nur gerade nicht, welcher Traum der gruseligere ist.

Kopf schüttelnd dekoriere ich weiter die Tische, drapiere die Servierten und poliere die Bestecke. Plötzlich höre ich sie. Auweia, nun ist der Tag des Jüngsten Gerichts gekommen. Jenny ist hier. Ihre Lache ist unverkennbar. Mir wird warm und kalt zugleich. Wo kann ich mich verstecken? Unter dem Tisch sieht wohl etwas doof aus und das kann ich wohl auch kaum erklären. Meine Gedanken habe ich noch nicht wieder sortiert, da merke ich sie schon hinter mir.

„Hallo Francis, soll ich dir helfen?" Flötet sie mit seidiger Stimme in mein Ohr.

Ich werde blass. Ein eigentlich unverfänglicher Satz, wenn da nicht dieser Unterton und ihre Hand auf meinem Hintern wäre. Ich schlucke und suche nach Worten, doch mein Hirn ist leer.

Komplett leer.

Na super. Das hat auch noch keine Frau geschafft. Als sie mir in den Hintern zwickt, lasse ich fast die Gabel fallen, welche ich das gefühlte fünfte Mal hin und herdrehe und auf Hochglanz poliere. Nun reicht es aber. Abrupt drehe ich mich um und will ihr gerade was erwidern, da sehe ich meinen Chef am Tresen stehen. Mit hochgezogenen Augenbrauen schaut er zu uns herüber. Begeisterung sieht anders aus. Somit bleiben mir meine Worte im Hals stecken und ich bringe keinen vernünftigen Ton raus. Jenny hingegen grinst mich an, kommt noch näher und flüstert mir ins Ohr: „Letztens hattest du mehr Töne von dir gegeben."

Oh Gott, ich will im Erdboden versinken. Was hat mich nur geritten, dass ich was mit der Tochter des Chefs angefangen habe. Bei jeder anderen wäre es egal, aber nicht bei Jenny. Sie hat es aber drauf angelegt, aber ich fürchte, das wird ihm völlig egal sein.

„Jenny bitte, wir müssen reden", flüstere ich, wie ein Teenager der seine erste Freundin anfleht.

„Mir fallen andere Dinge ein die wir tun können." Dabei zwirbeln ihre Finger meine Haare am Hinterkopf.

Nun wird mir richtig warm und in meiner Hose erinnert sich was an Nacht, in der wir zusammenarbeiteten. Ich schlucke, was sie nur noch breiter grinsen lässt.

„Ich merke, dir auch", bemerkt Jenny und geht erstmal Richtung Küche. Mein Chef beobachtet die Szene, doch anstatt das er wütend auf mich zukommt, so wie ich das befürchte, dreht er sich um und geht ebenfalls in die Küche. Ich bin eigentlich nicht gläubig, aber gerade fange ich an zu beten. Im Kopf suche ich schon einmal nach Erklärungen ihm gegenüber. Aber wie soll man das erklären? Mir fällt nichts Sinnvolles ein. Seufzend mache ich somit weiter. Wir müssen es endlich klären.

Jenny hilft heute erneut aus, da wir ziemlich viele Anmeldungen haben, die ich alleine nicht schaffe. Es wurde zwar erneut versucht Aushilfen einzustellen, diese stellten sich aber wieder so blöd an beim Kellnern, dass die nach einem Mal probieren nicht wiederkommen brauchten.

Immer wieder kommt Jenny mir gefährlich nahe. Sie provoziert es geradezu. Eine zufällige Berührung mit der Hand hier, ein anderes Mal drängelt sie sich ganz eng an mir vorbei, wobei sie einfach hätte warten müssen bis ich vorbei gegangen bin. Mehrfach muss ich tief durchatmen und mich konzentrieren, um nicht schon wieder Teller fallen zu lassen. So langsam grenzt es an Folter. Was ist eigentlich mit mir los? Seit Marie bin ich ein Softie geworden. Früher wäre mir sowas nicht passiert. Da hätte ich sie mit „gefoltert", oder ihre Nähe regelmäßig genossen. Und was tue ich jetzt? Ich zucke zusammen, wenn sie mir zu nahe kommt oder suche das Weite. Liegt es nur an meinem Chef? Dass ich Angst habe meinen Job zu verlieren?

„Hallo Francis, bist du plötzlich taub geworden?" Die Stimme meines Chefs holt mich aus meinen Gedanken.

„Ich habe schon drei Mal geklingelt. Das Essen wird kalt, also los, bring es dem Gast bevor das passiert!" Setzt er eindringlich hinzu.

„Entschuldigung, sofort." Mehr fällt mir nicht ein. Schlagfertigkeit ade. Jenny höre ich erneut kichern. Na danke auch.

So langsam werde ich ungehalten. Will sie mich mit Absicht ärgern? Als ich erneut Teller mit Essen aus der Küche hole und sie wieder meinen Hintern im Vorbeigehen streift, reißt mir der Geduldsfaden.

„Himmel Jenny", setze ich an, weiter komme ich jedoch nicht. Mein Chef fällt mir ins Wort.

„Nun lass doch mal den armen Kerl in Ruhe, Kind! Jedes verdammte mal wenn du ihn ansiehst oder berührst, rutscht das Blut vom Gehirn in andere Regionen. Wie soll er sich denn da konzentrieren? Ich habe bald kein Geschirr mehr. Was mir die Aushilfen nicht zerdeppern, das macht Francis, wenn du in der Nähe bist. Ich ziehe dir das demnächst von Lohn ab Töchterchen. Macht das nach eurem Feierabend." Schimpft er.

Mir fällt die Kinnlade und fast die nächsten Teller runter. Was hat er gesagt? Habe ich das gerade richtig gehört? Ich bringe keinen Ton raus, Jenny dafür aber.

„Ok, Paps. Dann eben nachher kleiner Franzose", flirtet sie mich an und zieht von dannen.

„So Francis, nun kannst du dich bitte wieder konzentrieren und Teller sowie Gläser heile lassen. Bis nach Feierabend lässt sie dich hoffentlich in Frieden. Danach wohl eher nicht, aber du bist ja noch jung." Aufmunternd klopft er mir auf die Schulter und ich bringe keinen Ton, dafür aber das Essen raus. Was wird das denn hier?

Groß zum Nachdenken komme ich allerdings nicht, es ist einfach zu voll und in den nächsten zwei Stunden haben wir mehr als alle Hände voll zu tun. Das Restaurant ist rappelvoll, wir müssen sogar spontane Gäste wegschicken. Als es endlich ruhiger wird und nur noch die letzten Gäste dasitzen und was trinken, gehe ich zu meinem Chef. Das muss ich klären, sonst raubt es mir auch noch den letzten Nerv und meinen Schlaf.

„Was meintest du damit, nach Feierabend?", ich tue mal unschuldig.

„Ist das dein Ernst? Denkst du ich bin auf den Kopf gefallen? Ich bin mit ihrer Mutter verheiratet. Die bringt mich heute noch um meinen Verstand. Ich mein, guck dir meine kleine an. Sie ist wunderschön, intelligent und jung. Und du genau ihr Beuteschema. Sie fand dich schon immer anziehend, oder auch ausziehen, aber solange du Marie hattest, hat sie dich in Ruhe gelassen. Nun ist der Weg frei und sie kann sich dich schnappen. Oder magst du sie nicht?"

Eindringlich aber mit einem Lächeln schaut er mich an.

Wieso habe ich das Gespräch noch gleich angefangen? Ob das so eine gute Idee war, bezweifle ich gerade.

„So meine ich das nicht, krieg wieder Farbe ins Gesicht. Du sollst sie nicht gleich heiraten. Meine Tochter tut eh was sie will und weiß um ihre Reize. Sie will ihr Leben und ihre Jugend genießen, da kann auch ich als Vater nichts ausrichten. Bald geht sie für ein Jahr ins Ausland, was sie da alles anstellt, will ich lieber gar nicht wissen", setzt er seine Rede seufzend fort.

„Ah ja", bringe ich wenig einfallsreich hervor. Mir fehlen einfach die Worte. Ich habe mit allem gerechnet, aber nicht damit!

Er weiß es also und ich habe mir völlig umsonst einen Kopf gemacht.

Und er hat Recht. Bis nach Feierabend lässt sie mich in Ruhe, danach wird geflirtet und gebaggert was das Frauenrepertoire hergibt. Zum Schluss landen wir, wie soll es auch anders sein, erneut auf dem Spielteppich.

„Wirst du mich vermissen?" Unschuldig schaut Jenny mich an.

Kurz überlege ich. Bei Marie ist sowas immer eine Fangfrage gewesen. Sagte ich ja, moserte sie los, ich würde lügen. Meinte ich nein, zickte sie ebenfalls rum. Ich versuche es mal vorsichtig anzufangen.

„Möchtest du das ich dich vermisse?"

„Das ist keine Antwort Francis, sondern eine Gegenfrage", bemerkt sie sofort.

Ich fühle mich etwas in die Ecke gedrängt. Möchte sie doch mehr? Oh bitte nicht, dafür bin ich noch nicht bereit.

Grinsend ergreift sie erneut das Wort: „Ich werde dich vermissen. Vor allem diese kuscheligen Abende nach der Arbeit."

Ich schlucke laut.

„Was? Nein, so meine ich das nicht du Hornochse", laut lachend durchwuschelt Jenny meine Haare.

„Was ihr Männer immer gleich denkt. Ich mag dich Francis, aber für eine Beziehung bin ich noch nicht bereit. Also atme tief durch und bekomme wieder Farbe ins Gesicht. Ich will nur Spaß und ich dachte nach der Beziehung mit Marie würdest du das auch wollen und könntest etwas Ungezwungenes gut gebrauchen", zwinkert sie mir zu.

Ich atme laut aus. Also doch nur Spaß haben. Ja das finde ich gut und bin dazu bereit.

„Wenn das so ist", robbe ich an Jenny heran und fange erneut an sie zu liebkosen.

„Spaß können wir gerne haben. Und davon eine ganze Menge." Jedes Wort wird einzeln betont und ich küsse mich dabei herab bis zu ihrem Schoß. Erneut lieben wir uns auf dem unschuldigen Spielteppich. Dieser muss dringen demnächst ausgetauscht werden.

KAPITEL 9

Ein paar Tage ist Jenny nun schon weg. Wir nutzten die Zeit, die sie noch da war ausgiebig um uns zu amüsieren. Ganz unverfänglich, darauf bestand sie. Wir gucken was die Zeit bringt, da sind wir uns einig. Ungebunden möchte sie die Zeit im Ausland sein, niemanden zu Hause haben der auf sie wartet oder sie sogar an Dingen hindert, die sie gerne tun möchte. Ich kann mir gut vorstellen wie diese Dinge aussehen.

Auch ich bin wieder lockerer geworden, schlafe wieder gut und bekomme nicht jedes Mal einen Schreck, wenn der Chef mich zu sich ruft. Ich flirte auch wieder mit den weiblichen Gästen. Nicht zu aufdringlich, gerade so dass ein gutes Trinkgeld rausspringt, es aber nicht aufgezogen oder aufreisserisch rüberkommt. Ich bin endlich wieder ich!

Eine Freundin von Marta hat mir eine Mail geschickt, Marta wird vierzig und es soll eine Überraschungsparty geben. Ich soll etwas Leckeres für das Buffet mitbringen, gerne aus dem Restaurant. Für den Abend bekomme ich sogar frei, es wurde endlich eine Aushilfe eingestellt, die weder die Gäste mit Trinken duscht, noch einen Polterabend mit den Tellern veranstaltet. Mir war schon die Hoffnung ausgegangen, aber der Chef war hartnäckig und suchte weiter.

Somit steht einem netten Abend mit Freunden nichts mehr im Weg. Der Koch hat angeboten was Leckeres zu machen. Er kennt Marta ebenfalls, sie kommt des Öfteren mit ihrem Freund hier essen. Die Beiden sind ein reizendes Paar.

Ich bin gerade in Gedanken am Besteck polieren und Tische eindecken, da höre ich Stimmen hinter mir. Mit einem Lächeln drehe ich mich um und die Worte, mit denen ich gerade fragen möchte ob sie reserviert haben, bleiben in meinem Hals stecken. Mitten im Raum stehen zwei Frauen. Etwas älter als meinerseits, die eine blond, durchschnittlicher Typ alla Mama. Aber die zweite raubt mir den Atem. Wunderschöne lange blonde Haare, schlanke Figur mit Kurven an den richtigen Stellen und einem Lächeln, das einem Mann den Atem raubt. Der Blick so eindringlich durch ihre wunderschönen schwarzen Wimpern, wie gemalt.

„Wir hätten gerne einen Tisch für zwei, am liebsten direkt am Fenster", flötet die hübsche mich an.

Wow hat die einen Augenaufschlag, sie kann alles von mir haben.

„Folgen sie mir. Ich habe genau den richtigen Tisch für sie", fange ich mich wieder und zeige auf unseren besten Tisch direkt mit Meerblick. Eigentlich ist dieser reserviert für ein älteres Ehepaar. Dies ist ihr Stammtisch, aber ich denke ich kann da mal eine Ausnahme machen. Bei dieser Frau muss ich eine Ausnahme machen. Ich gebe beiden die Karte und ihre Hand berührt mich ganz leicht. Es durchfährt mich wie ein Stromschlag und ich bekomme eine Gänsehaut. Ihr Mundwinkel geht nach oben und sie schaut mir in die Augen.

„Vielen Dank", ihre Stimme ist unwiderstehlich.

Schon erscheint auch das ältere Ehepaar in der Tür und ist entsetzt das „ihr" Tisch belegt ist.

„Die beiden jungen Damen haben schon vor ihnen reserviert, aber auch der andere Tisch ist sehr gemütlich. Ganz ruhig und ungestört. Sie bekommen auch einen kleinen Umtrunk nach dem Essen, zur Entschädigung. Und das nächste Mal ist ihr Tisch selbstverständlich wieder frei", lüge ich und zwinkere der Dame verschwörerisch zu.

Die Dame lächelt ihren immer noch etwas

verärgerten Mann an: „Ach Herbert, wir sitzen doch immer am Wasser, lassen wir den jungen Damen auch mal das Vergnügen." Und schon zieht sie ihn zu dem anderen Tisch, auf dem ich schnell das „reserviert" Schild gestellt habe.

Situation gerettet.

Lange kann ich nicht drüber nachdenken, es ist mal wieder viel zu tun. Trotzdem lasse ich es mir nicht nehmen immer wieder bei den Beiden Damen nach dem Rechten zu sehen. Ob ich nach ihrer Telefonnummer fragen soll? Abgeneigt scheint sie auch nicht zu sein, immer wieder schaut sie mir nach oder sucht den Raum nach mir ab. Ihre Freundin scheint es auch mit zu bekommen. Kleine Gesprächsfetzen schnappe ich auf. „Nun gib ihm schon deine Nummer. Du schaust ihm doch genauso hinterher wie er dir", meint die Unscheinbare. Was die Schöne daraufhin erwidert kann ich allerdings nicht hören, da bin ich schon fast in der Küche angekommen. Sofort gehe ich aber wieder zu ihrem Tisch, sie haben aufgegessen und ich räume bereitwillig das Geschirr ab. Missbilligend muss ich feststellen, dass die Kartoffeln unangetastet sind.

„Ihr mögt keine Kartoffeln? Es hätte auch Kroketten oder Pommes gegeben", flirte ich die

Hübsche an.

„Doch, aber wir wollten den Platz in unseren Mägen nicht mit Kartoffeln verschwenden, wenn der herrlich duftende Fisch schon genug davon benötigt", säuselt sie verführerisch.

Die Teller, welche mir daraufhin fast auf den Boden fallen, sind ansonsten auch komplett leer. Angesichts der Statur der Beiden kann ich mich nur wundern, wo sie das gelassen haben. Die Unscheinbare ist zwar nicht ganz so schlank wie die Hübsche Unbekannte, aber auch nicht gerade kräftig gebaut.

Mit einem ordentlichen Trinkgeld und den Worten: „Bis bald!", gibt sie mir ebenfalls die Rechnung zurück. Schnell diese auseinandergefaltet, stelle ich erfreut fest, dass dort ihre Telefonnummer, sowie ihr Name, drauf geschrieben steht. Laura, heißt die hübsche also. Mein Grinsen wird darauf noch breiter, welches ich den Rest des Abends auch nicht mehr aus meinem Gesicht bekomme. Die Arbeit fällt mir nun noch leichter. Nach Martas Geburtstagsfeier werde ich sie Übermorgen sofort anrufen. Oder soll ich fragen ob sie mitkommt? Ne, das wäre vielleicht doch etwas aufdringlich.

An ausschlafen ist dieses Wochenende nicht zu denken. Da die Aushilfe abends kommt, muss ich beim Frühstücksbuffet arbeiten, welches wir seit einiger Zeit anbieten. Richtig wach bin ich nun wirklich nicht. Eigentlich hätte ich im Restaurant schlafen können, der Spielteppich ist ja recht bequem. Schmunzelnd decke ich die Tische und drapiere das Buffet auf dem länglichen Tisch. Ob die schöne Unbekannte auch für sowas zu haben ist?

Das Rührei riecht, wie immer, hervorragend. Die ersten Gäste sind schon da, als ich plötzlich bekannte Stimmen höre. Kann das sein? Schnell eile ich aus der Küche und erblicke tatsächlich Laura und ihre unscheinbare Freundin. Sie lächelt mich breit an und auch mein Grinsen ist nicht zu übersehen. Die Beiden möchten den gleichen Tisch wie am Abend zuvor, was ich selbstredend sofort arrangiere.

Immer und immer wieder schenke ich den beiden Kaffee nach, ohne den Blick von der hübschen Blonden zu nehmen. Soll ich mich überwinden und sie fragen wegen heute Abend?

Doch ich traue mich nicht. Ich Feigling!

Selbst das Ehepaar am Nachbartisch guckt schon zu den Beiden rüber.

„So hast du mich vor unserer Hochzeit auch behandelt. Und nun muss ich um jede Aufmerksamkeit ringen!", stichelt die Frau ihren

Ehemann. Dieser rollt allerdings nur stöhnend mit den Augen.

Viel zu schnell verlassen die Beiden das Restaurant. In Anbetracht meiner Feigheit seufze ich. Laura hat es mir angetan und ich, was tue ich? Nichts. Super gemacht Casanova.

Der Geburtstag wird mich ablenken und nächsten Tag rufe ich sie an, ganz sicher. Das nehme ich mir wenigstens vor.

Unser Koch hat mir für abends ein paar kalte Häppchen gemacht. Beziehungsweise ein paar mehr. Voll beladen mit zwei großen Tabletts voll mit Häppchen erscheine ich bei Marta und Klaus. Da sie nichts davon weiß, schaut sie mich mit großen Augen an: „Francis? Was machst du denn hier?"

„Na du hast doch Geburtstag, oder etwa nicht?", necke ich Marta.

„Ja schon, aber", weiter kommt sie nicht. Klaus erscheint hinter ihr und fällt Marta ins Wort.

„Ah Francis, super dass du so früh kommen konntest, hast du das leckere Essen dabei?"

„Kannst du mir tragen helfen?", antworte ich kurz und gehe Richtung Auto.

Marta guckt nur zwischen mir und Klaus hin und her. Irgendwie steht sie gerade auf dem Schlauch, habe ich das Gefühl. Sie ahnt tatsächlich nichts.

„Marta weiß immer noch nichts von eurer Party?", fragend schaue ich Klaus an.

„Ne, sie ahnt bis jetzt nichts. Meine Ausrede war, dass wir einen gemütlichen Abend nur zu zweit machen wollen.", lachend hebt Klaus das erste Tablett aus dem Wagen.

„Hm, da läuft einem ja das Wasser im Mund zusammen."

„Finger weg Klaus, das ist für alle!", meckere ich wie ein altes Waschweib.

Marta schaut unserem Treiben zu und kapiert immer noch nicht. Klaus schiebt sie einfach wieder ins Haus zurück und bringt sie in die Stube.

„Francis hat uns unser Abendbrot gebracht und bekommt noch eine Cola für seine Mühe. Ich möchte nicht, dass du heute kochen musst", lügt er.

So richtig glauben tut Marta ihm scheinbar nicht, sagt aber nichts.

Erst als es eine halbe Stunde später klingelt stöhnt sie: „Klaus? Francis? Was habt ihr vor? Was ist hier los?"

Ihre Freunde kommen nach und nach, nur die Überraschung, welche noch kommen soll, die ist noch nicht da. Klaus meint Marta hat eine alte

Schulfreundin, die sie schon sehr lange nicht mehr gesehen hat. Die haben sie eingeladen und sie hat sogar zugesagt. Als Überraschungsgast sozusagen. Es klingelt erneut. Das muss sie also sein, nun sind wir gleich vollzählig. Die Stimmung ist locker und alle reden wild durcheinander. Sabrina, mit der wir das ganze ausgetüftelt haben, geht zur Tür. Man hört Schritte die Treppe hochkommen, dann erstarre ich. Das kann nicht sein! Sabrina schleift eine Frau in die Stube hinter sich her und es ist Laura! Oh nein, das ist hoffentlich nicht die Freundin von Marta. Denn das hieße, sie wäre verheiratet und hätte zwei Kinder. Mir wird schwindelig, bitte nicht. Aber hieß die nicht anders? Noch bevor ich was sagen kann meldet sich Sabrina zu Wort: „Liebe Marta, hier kommt dein letztes Geburtstagsgeschenk von uns."

„Oh eine Stripperin? Na das ist mal was ganz anderes", lacht Marta.

„Hä?", Laura scheint pikiert.

Ok, das scheint nicht die alte Freundin zu sein, Glück gehabt.

„Nein, liebe Marta, keine Stripperin, sondern eine extra Lieferung von weit, weit her!", setzt Sabrina erneut an.

Da erscheint die Unscheinbare im Raum, Laura

immer noch leise flucht: „Also wirklich! Stripperin."

John, ebenfalls ein alter Kumpel von Marta verstummt, Marta starrt immer noch die Schönheit an und wartet, dass was passiert.

„Happy Birthday to you, happy Birthday to you.", fängt die Unscheinbare an zu singen. Nun dreht Marta sich um, springt auf und der Frau in die Arme. Das scheint also die alte Schulfreundin zu sein. Lächelnd gucke ich meine Unbekannte schöne an und winke sie herbei. Das lässt sie sich zum Glück nicht zweimal sagen und kommt sofort zu mir.

Meinen Blick kann ich allerdings kaum von Laura abwenden. Marta ist eh gerade beschäftigt und alle anderen reden ebenfalls. Nur John, der nicht. Der sitzt stumm da und guckt mit großen Augen Marta und ihre Freundin an.

„Wieso habe ich das Gefühl, die Luft knistert?", frage ich Laura.

„Erkläre ich dir später", flüstert sie mir zu.

„Das ist Anna! Meine beste Freundin, Anna!", schnieft Marta. Auch Anna hat Tränen auf den Wangen und rote Augen als sie sich umdrehen. Ich lächle, nun scheint auch sie mich zu entdecken und zu erkennen. Dies ist auch nicht schwer, Laura sitzt mit einem Glas Wasser bewaffnet neben mir und wir unterhalten uns. Sie ist zauberhaft und hat es schnell drauf mich um ihren Finger zu wickeln. Eine unschuldige Berührung hier, ein zaghaftes Tasten da. Überall wo sie mich berührt hinterlässt es ein warmes Prickeln auf meiner Haut. Ich bin gefesselt von ihrem Anblick. Aber nicht nur ihre Schönheit verzaubert mich, sondern man kann sich mit ihr unterhalten.

Während die ganze Schar die arme Anna löchern und ausquetschen, hänge ich nur an Lauras Lippen. Den ganzen Abend unterhalten wir uns und lachen. Klaus schaut ab und an mal zu mir rüber und grinst. Viel zu schnell vergeht die Zeit und es wird spät.

„Was haltet ihr davon, wenn wir morgen im Restaurant frühstücken?", schlage ich vor.

Sofort sind alle hellauf Begeistert.

Ich möchte Laura nicht gehen lassen, aber ich muss wohl. Die meisten Gäste sind schon gegangen und ich begleite sie noch vor die Tür. Wie selbstverständlich lässt sie zu, dass ich ihre Hand nehme. Es zaubert ein Lächeln auf mein und auch ihr Gesicht. Draußen lehne ich mich an die Hauswand und ziehe sie zu mir ran.

„Wie lange bleibt ihr hier?", schießt es aus mir heraus.

„Nur bis übermorgen, oder noch einen Tag länger. Je nachdem was Anna möchte." Laura schaut zu Anna rüber, die mit John schon am Auto steht.

„Was ist da los bei den beiden? Ich verstehe die Situation nicht so ganz. Es knistert schon ziemlich zwischen denen. Aber sie sind doch beide verheiratet, oder nicht?" Francis schaut mich fragend an.

„Das verstehen die Beiden wohl selber nicht genau. Aber das ist eine lange, ausführliche Geschichte und die Zeit dafür gerade viel zu kurz.", seufzt Laura und zieht mich an sich.

Ich versuche noch etwas zu sagen, aber das unterbindet Laura mit einem Kuss. Wow, so angenehm wurde mir auch noch nie der Mund verboten. Lange und ausgiebig küssen wir uns und ich bin völlig außer Atem als wir merken, dass uns zwei Augenpaare neugierig beobachten. Verlegen räuspernd löse ich mich nur unfreiwillig von ihren wunderschönen Lippen.

„Wollen wir?", fragt Laura ganz vorsichtig ihre Freundin.

Und schon steigen die Beiden ins Auto und fahren los.

Ich bleibe mit flatterndem Herzen und einem Kribbeln im Bauch zurück.

„Meine Herren, die hat es dir aber angetan!", lacht Klaus neben mir.

„Oh ja, ich glaube ich habe mich Hals über Kopf verliebt. Die Beiden waren es übrigens, die gestern und heute bei mir im Restaurant waren", erkläre ich.

„Ach, die unbekannte Schöne war Laura, Anna ihre Freundin. Und Anna war die Unscheinbare? Oder umgekehrt?", grinst Klaus.

„Haha, sehr lustig", erwidere ich kurz und knuffe ihn in den Oberarm.

Langsam verabschiede auch ich mich und lasse Marta und Klaus alleine. Die Beiden sind ein tolles Paar. Sie stehen Arm in Arm, in der Auffahrt und winken mir zu, als ich fahre.

An viel Schlaf ist nicht zu denken, ich kann nicht aufhören nachzudenken. Was soll ich nur machen, wenn Laura wieder wegfährt? Ich habe tatsächlich das Gefühl ich habe endlich meinen Deckel gefunden. Es ist ja klar, dass mein Deckel aus dem anderen Ende des Landes kommt!

Wilde Träume verfolgen mich diese Nacht. Heute allerdings nicht mit Marie die mich verfolgt oder überfährt, sondern mit Laura, welche einfach wegfährt. Sie kettet mich an einer Autobahnraststätte an einen Laternenpfahl an und fährt weg. Gruseliger Traum.

KAPITEL 10

Trotz dem wenigen Schlaf, springe ich morgens gut gelaunt aus dem Bett, unter die Dusche und fahre los Richtung Restaurant.

Pfeifend und mit einem großen Grinsen im Gesicht bin ich noch vor den anderen da. Das Gesicht meines Chefs ist etwas verwirrt, schließlich habe ich heute frei.

„Ich habe dir eine SMS geschrieben, hast du die noch nicht gelesen? Ich brauche einen Tisch für etwa sieben bis acht Personen zum Frühstück", erkläre ich.

„Ok, du weißt ja wie das geht, bekommst du das alleine hin? Ted hat noch genug zu tun, er ist leider nicht so schnell", seufzend schaut er zu unserer Aushilfe rüber.

„Ich mache schon. Das kostet aber eine Runde für alle nachher", witzle ich und beginne zwei Tische zusammenzuschieben.

Alles ist schick gedeckt, als Marta und Klaus ankommen. Sie sind die Ersten. Schade, ich hoffte Laura würde sich etwas beeilen. Ich kann es kaum erwarten. Ein paar andere vom Geburtstag kommen auch noch, so dass ich fürchte der Platz reicht nicht.

Endlich höre ich die unverkennbare Stimme von Laura. Mein Herz setzt sofort einen Schlag aus und mein Puls rast. Stürmisch begrüße ich sie mit einem ausgiebigen Kuss. Ich kann mich nur schwer trennen.

„Ach daher weht der Wind", höre ich hinter mir meinen Chef lachen.

Laura lächelt ihn nett an, gibt ihm die Hand und stellt sich vor.

„Guten Morgen. Ich bin Laura, Francis Freundin. Ein wunderschönes Restaurant haben sie", flötet sie verführerisch.

Er guckt sie mit großen Augen an. Meinem Chef scheinen die Worte zu fehlen. Laura hat eine unschlagbare Wirkung auf Männer.

Mit stolzgeschwellter Brust ziehe ich sie hinter mir her, als mein Chef noch ein „Danke" hinter uns herruft.

Laura schmunzelt. Wir setzen uns um gleich wieder aufzustehen um uns leckere Sachen vom Buffet zu holen. Wobei ich nur Augen für Laura habe. Himmel, war ich jemals so verliebt? So muss sich das anfühlen, wenn man seine Herzdame gefunden hat.

Die Stimmung ist ausgelassen, Laura und Anna passen in die Gruppe und es scheint so, als wäre Anna nie weggewesen und Laura gehört schon immer hierher. Alle lachen viel und haben gute Laune.

„Was machen wir nun noch? Ich habe den ganzen Tag frei", fragend schaue ich in die Runde. Ich will Laura noch nicht wieder gehen lassen.

„Wir haben Strandsachen dabei. Ihr auch?", fragt Marta.

Mein Herz macht einen Sprung. Laura und die anderen bestätigen es ebenfalls. Nur Anna guckt betroffen.

„Ich gehe erstmal etwas laufen. Geht ihr schon vor und schickt mir eure GPS Daten aufs Handy. Ich finde euch dann schon", erklärt sie und schon ist sie weg.

Wir anderen packen uns noch ein paar Essensachen für den Strand ein und ziehen von dannen. Da sie häufig hier am Strand sind, kennen Marta und Klaus eine schöne Ecke, die nicht ganz so voll ist. Dort lassen wir uns nieder und reden und lachen weiter. Marta und Klaus springen zwischendurch ins Wasser, ich kann mich allerdings nicht von Laura trennen. Sie sieht umwerfend im Bikini aus. Da keimen gleich wilde Fantasien in mir auf. Diese verdränge ich lieber wieder schnell, das kann peinlich in einer Badehose werden. Als wenn Laura meine

Gedanken gelesen hätte, streichelt sie mir mit einem Finger ganz langsam an meinem nackten Rücken entlang. Ich ziehe scharf die Luft ein, das ist Folter!

Durch ein gewaltiges schnaufen werde ich aus meinen schönen Gedanken gerissen.

„Wo sind deine Badesachen?", Laura schaut Anna verwirrt an.

Anna verdreht mit hochrotem Kopf die Augen. Die hat sie wohl nicht dabei oder noch im Auto. Richtig zu Wort kommt Anna nicht, sie prustet viel zu stark. John geht nach kurzer Diskussion los und holt die Schwimmsachen aus dem Auto. Inzwischen machen wir der völlig fertigen und hochroten Anna etwas Platz auf der Decke. Das kann nicht wirklich gesund sein was sie da macht.

Wir verbringen den ganzen Tag am Strand, lachen, schwimmen und haben Spaß. Irgendwann steht John auf um seine Tochter Lisa nach Hause zu bringen und auch Anna möchte scheinbar gehen. Ich kann mich nur schwer von Laura trennen.

„Ich würde noch etwas bleiben, wenn es ok ist. Francis bringt mich bestimmt in die Pension", antwortet Laura auf Anna frage ob sie nun auch nach Hause, beziehungsweise in die Pension möchte.

Ich lächle breit und bestätige den Beiden, dass ich das natürlich gerne tue.

„Klar tut er das", schmunzelt Anna daraufhin.

Ich scheine sehr durchschaubar zu sein.

Wir sitzen eng umschlungen da und bekommen gar nicht mit wie spät es wird. Marta und Klaus verabschieden sich auch alsbald, der Rest ist schon gegangen. Endlich alleine.

Laura scheint das gleiche zu denken. Sie lächelt verschmitzt, als sie sich in alle Richtungen umblickt.

„Niemand zu sehen"; bemerkt Laura grinsend und schon liebkost sie meinen Hals, meine Brust und weiter runter zu meinem Bauchnabel jeden Zentimeter ganz langsam.

Nun wird mir trotz Badehose sehr warm. Langsam streife auch ich ihr das T-Shirt ab, welches über ihrem Bikini liegt.

Hektisch blicke auch ich mich noch einmal um. Doch hier ist niemand mehr, schließlich ist die Sonne schon nicht mehr so hoch am Himmel und es beginnt kühler zu werden. Langsam öffnet sie ihr Oberteil und lässt es neben uns auf die Decke fallen. Ein leises Pfeifen entfährt mir, worauf sie nur grinst.

„Du hast die aufregendste Figur die ich je gesehen habe", flüstere ich.

„Sollte das ein Kompliment sein mein lieber Franzose?" Ein leises Lachen ertönt bei diesen Worten.

„Das kannst du aber besser, trotzdem danke. Nun zeige ich dir was ich mit dem aufregenden Körper so alles kann", setzt Laura hinzu und setzt ihre Reise über meinen Körper unbeirrt fort.

Mein Kopf ist komplett leer.

Denken? Fehlanzeige.

Das Blut ist aus dem Kopf in andere Körperregionen gesunken, was die Sache mit den Komplimenten nicht gerade einfach macht.

Die kann ich mir aber sowieso gerade sparen. Mein Körper verrät ihr eh im vollen Umfang, wie aufregend und verführerisch ich sie und ihren Körper finde. Nicht lange und wir verschmelzen zu einer Einheit, lieben uns quer über die Decke und blinzeln immer nur mal kurz um zu schauen, ob sich nicht doch ein Spaziergänger verirrt hat.

Zum Glück bleiben wir alleine und als wir verschwitzt und schwer atmend daliegen, bemerken wir, dass die Sonne schon untergegangen ist. Vorsichtig streichle ich ihr seidiges Haar, als Laura ihren Kopf auf meiner Brust ablegt.

„Was Anna wohl macht?", fragt sie in die Stille hinein.

„Na sie wird wohl in eurer Pension sein, oder nicht?"

„Ich weiß es nicht. Eigentlich denke ich ja, sie ist anständig. Aber John hat es ihr immer noch angetan. Du musst wissen, sie träumt regelmäßig von ihm", erklärt sie mir.

„Träumen ist ja nicht verwerflich. Ist sie nicht glücklich in ihrer Ehe?", frage ich neugierig.

„Nicht wirklich. Greg ist ein Idiot. Das kuriose ist, sie träumt nicht nur von ihm, John und Anna treffen sich im Traum", setzt Laura hinzu.

Nun fehlen mir etwas die Worte. Laura kommt mir eigentlich ganz Bodenständig vor und nicht wie jemand der so etwas glaubt.

„Treffen? Wie treffen?" Dazu möchte ich mehr erfahren, das klingt wirklich kurios.

„Du hältst mich für verrückt, wenn ich es dir erzähle." Laura vergräbt ihr Gesicht in den Händen.

Nicht durchgeknallter als meine Ex Freundin, die mich umbringen wollte, denke ich, aber etwas Erklärung brauche ich wohl schon.

„Erzähle erstmal, dann sage ich ob ich dich für verrückt halte", foppe ich Laura, woraufhin sie mich auf den Oberarm boxt.

„Autsch", maule ich zurück.

„Also", beginnt sie langsam und zieht das Wort

lang wie ein Kaugummi. Himmel, wenn sie so weiter macht sitzen wir zum Frühstück noch hier!

„Es ist so", und schon wieder macht Laura eine Pause, was mich nur aufstöhnen lässt.

„Ich muss nachdenken, Francis, sei nicht so ungeduldig", nörgelt sie mich an.

„Ok, ok, aber langsam wird es frisch hier", versuche ich zu beschwichtigen. Bloß keinen Streit vor den Zaun brechen wegen sowas. Ich bin noch etwas gebrandmarkt von Marie.

„Anna und John treffen sich nachts im Traum. Sie riecht danach nach seinem Parfum und sie schlafen sogar miteinander. Ich habe sein Parfum schon selber an ihr gerochen, nach so einem Traum. Es hört sich komisch und skurril an, aber es stimmt. Wie das geht? Frag mich bitte nicht. Ich weiß nur, dass es irgendwie möglich ist", erklärt sie unbeirrt.

Mir fällt daraufhin nichts ein. Mit hochgezogenen Augenbrauen blicke ich Laura nur in ihre wunderschönen Augen, welche mich eindringlich anschauen.

„Nun hältst du mich doch für durchgeknallt", seufzt Laura laut.

„Nicht unbedingt durchgeknallt, aber meinst du nicht Anna hat dir einen Bären aufgebunden und sich einen Spaß erlaubt?", rede ich beschwichtigend auf Laura ein.

„Ich wusste du glaubst mir nicht. Aber so ist Anna nicht. Nun lass uns gehen, ich habe wieder Hunger und jetzt auf was Essbares und vielleicht danach auch nochmal auf dich", zwinkert sie mir zu und springt auf.

Kein Streit bricht aus, sie ist nicht einmal beleidigt.

Sowas lasse ich mir natürlich nicht zweimal sagen. Genauso flink stehe ich auf den Füßen und wir packen alles zusammen. Es ist schon verdammt dunkel geworden. Ein hoch auf die Technik. So haben wir wenigstens eine Taschenlampe im Handy.

KAPITEL 11

Bei mir angekommen plündern wir erst einmal den Kühlschrank. Wie kann eine Frau mit so einer Figur nur so viel essen? Mir ist das unbegreiflich. Ich bewundere ihren wohlgeformten Hintern, der an der schmalen Hüfte endet, wie sie mit diesem hin und her wippt, als sie vor dem geöffneten Kühlschrank steht und was zu essen sucht. Beherrschen ist schwer in der Situation.

„Du bist so schön!", entfährt es mir fast ehrfürchtig.

Grinsend dreht sich Laura zu mir um, schließt die Kühlschranktür hinter sich und leckt sich verführerisch über die Lippen.

„Das Essen muss wohl warten", raunt ihre verführerische Stimme mir zu und schon beginnen ihre zarten Hände unter meinem Shirt zu gleiten um dieses sogleich zu entfernen. Zarte Küsse folgen ihren Händen. Angefangen von meinem Schlüsselbein, über meine Brust, runter zu meinem Bauchnabel, bis zu meinem besten Stück, welches unter ihrer Berührung bebt.

Mir schwirrt der Kopf, mein Gehirn ist wie vernebelt, nachdenken ist nicht mehr möglich.

Ich will nur noch eins, sie fühlen, ganz und gar, überall und mit allen Sinnen.

Laura ist unersättlich, sowas habe ich noch nicht erlebt.

Schwer atmend lieben wir uns in der Küche, über den Flur bis ins Schlafzimmer, wo wir völlig ausgelaugt und schweißgebadet enden. Hoffentlich hörte man uns nicht bis draußen. Leise waren wir nicht gerade. Etwas Schamesröte treibt es bei dem Gedanken in mein Gesicht, aber wer kann mir mein Liebespiel, in Anbetracht dieser Schönheit, verdenken.

Den Kopf auf meine Hände gelehnt schaue ich in Lauras Gesicht.

„Möchtest du nun was essen?", schmachte ich sie an.

Einen schnellen Kuss auf den Mund geworfen und schon springt Laura mit einem Satz aus dem Bett und geht splitterfasernackt gen Küche.

„Das soll wohl ja heißen!", rufe ich lachend hinterher.

„Und wie!", johlt sie kauend zurück.

„Fündig geworden, würde ich sagen", bemerke ich.

Es sind noch Reste vom Martas Geburtstag übrig. Die hat sie wohl entdeckt. Etwas müde, aber sehr glücklich schnappen wir uns ein paar

Leckereinen und verschwinden wieder im Bett. Nun bleibt es allerdings beim Essen und wir schlafen völlig erschöpft, aber zufrieden ein.

Ein Unaufhörliches Handyklingeln weckt mich aus meinem schönen Traum, indem ich mit Laura Hand in Hand über Wiesen laufe.

„Wer ist das denn zum Teufel? Um diese Uhrzeit!", schmolle ich.

„Nun geh schon ran, sonst hört das nie auf!", nölt Laura völlig verschlafen.

„Ja, wer stört?", aus meiner Stimme ist deutlich die Empörung zu hören.

„Francis? John hier. Gib mir bitte mal Laura. Ich denke doch sie ist noch bei dir." Er klingt besorgt.

„Für dich, es ist John." Und schön strecke ich Laura das Handy hin. Wo hat er meine Handynummer her? Ich stutze.

Schlagartig ist Laura wach und sitz kerzengerade im Bett.

„Oh je, bitte lass nichts mit Anna sein!", krächzt sie ins Telefon.

Was am anderen Ende gesagt wird höre ich nicht, aber es kann nichts Gutes sein. Laura wird immer ruhiger.

„Mache ich sofort." Mit diesen Worten ist das Telefonat beendet, sie springt aus dem Bett und rennt ins Bad.

„Laura? Was ist los? Ist was passiert?", rufe ich verstört hinterher.

Stille im Bad.

„Laura, sag doch was, bitte!", flehe ich sie an.

„Ich muss dringend Anna anrufen, sie hat wohl, wie soll ich es sagen, Scheiße gebaut und ist dann fluchtartig davon", folgt eine kurze Erklärung während sie vom Bad, quer durchs Haus rennt und ihr Handy sucht. Leider mit nur mäßigem Erfolg, Laura ist zu Kopflos.

Mit dem Handy in der Hand halte ich sie auf und strecke es ihr entgegen.

„Das ist nicht gut. Sie wird doch keinen Mist machen?" Auch ich bin besorgt, dabei kenne ich Anna gar nicht richtig. Aber Lauras Freundinnen sind nun auch meine Freundinnen. In guten wie in schlechten Zeiten geht es mir durch den Kopf. Diesen schüttle ich sofort, soweit sind wir nun wirklich noch nicht.

„Danke, du bist ein Schatz", und schon reißt sie mir das Handy unsanft aus der Hand.

„Gern geschehen", maule ich und puste die Stelle an der ihre Nägel mich gekratzt haben.

„Anna? Anna, bist du dran? Wo bist du

verdammt. John hat uns angerufen, er macht sich Sorgen um dich", Laura klingt besorgt.

-Stille-

„Anna? Bitte sag doch was." Sie klingt sehr beunruhigt.

Endlich scheint eine Antwort zu kommen.

„Ja klar, das höre ich", entgegnet Laura sarkastisch.

„Du weinst doch! Och Anna, wo bist du? Sollen wir dich holen?", fährt Laura fort.

Meine Gedanken kreisen. Warum ist Liebe nur so kompliziert. Gerade noch total glücklich, stehen wir scheinbar gerade am Abgrund. Nicht an unserem Abgrund, sondern an Annas.

„Lenk nicht ab, natürlich ist Francis bei mir. Also, wo bist du?" Laura wirkt nun leicht gereizt.

Zu gerne möchte ich Mäuschen spielen, aber Laura wird mir erzählen was vorgefallen ist, wenn sie es möchte.

„Ok, fahr vorsichtig", sie legt auf.

„Oh weh, sie sitzt nun mächtig in der Scheiße, Francis", setzt Laura zur Erklärung an. Schon versenkt sie ihren Kopf in meinen Schoß und sagt nichts mehr. Beruhigend streichle ich ihr Haar.

„Und nun?", frage ich vorsichtig.

„Fährst du mich zur Pension? Ich muss zu ihr." Zwei wunderschöne Augen blicken mich eindringlich an.

„Wie kann ich diesen Augen wiederstehen", säusle ich und gebe ihr einen flüchtigen Kuss auf den Mund.

Aus flüchtig wird allerdings nichts. Laura zieht mich gierig an sich an und küsst mich gierig. Nur schwer kann ich mich von ihr lösen.

„Lassen wir das lieber, sonst kommen wir zu spät bei Anna an", keuche ich schweratmend.

Lauras Augen gucken mich ebenfalls sehr glasig an.

„Ja ist wohl besser. Wir müssen noch am Kiosk vorbei und Schokolade besorgen", bestätigt sie kurz und zieht sich schnell an.

In der Pension angekommen warten wir draußen auf Anna. Laura scheint hibbelig zu sein, sie springt von einem Bein auf das Andere.

„Himmel Laura, steh still. So kommt sie auch nicht schneller!", ermahne ich sie.

Schon bimmelt ihr Handy. John, wer soll es auch anders sein.

Auch er ist nervös und hat Angst, dass was passiert. Endlich erscheint ihr Auto auf der Straße. Anna rollt die Auffahrt hoch.

„Sie ist gerade angekommen, alles gut. Sie sieht nicht gut aus, aber ist heile hier", erklärt Laura John kurz und legt auf.

„Verdammt Anna, was machst du denn?", mault Laura sie forsch an, drückt Anna aber ganz fest an sich.

„Ich bin ein schlechter Mensch, Laura, warum habt ihr mich gern? Ich hasse mich, warum ihr nicht", flüstere Anna und fängt an zu weinen.

Oh je, weinende Frauen sind nicht gerade meins.

Laura nimmt sie fester in den Arm und sie gehen rein.

„Ich fahre dann mal", verabschiede ich mich. Ich lasse die Frauen lieber alleine. Das ist eine Sache zwischen Frauen. Da störe ich nur.

Meine Wohnung erscheint total leer. Kaum zu glauben, Laura war nur eine Nacht hier und ich vermisse sie ganz stark. Ob das wahre Liebe ist? Ist das das Gefühl von denen die Leute immer Reden, Poeten ihre Gedichte schreiben und Sänger die Lieder trällern?

Seufzend setze ich mich auf mein Sofa. Es ist viel zu still hier ohne Laura. Mir fehlt jetzt schon ihr Lachen, ihr Körper und ihre lockere Art.

„Was hast du nur mit mir gemacht, Laura?", flüstere ich und drücke das Sofakissen fest an mich. Sogar zu Selbstgesprächen lasse ich mich hinreißen.

Wie das noch weitergehen soll, weiß ich nicht

wirklich. Uns trennen einige Hundert Kilometer und wir arbeiten beide zu unterschiedlichen Zeiten. Das macht das Treffen nicht gerade einfach. Nur eins ist mir klar. Laura ist die Liebe meines Lebens und die lasse ich nicht einfach wieder gehen.

KAPITEL 12

Langsam gehe ich mal duschen und mache mich für die Arbeit fertig. Länger bekomme ich nicht frei, mein Chef wartet schon auf mich.

Gut gelaunt trällere ich mein Lieblingslied im Auto mit und fahre Richtung Restaurant. Meine Gedanken kreisen allerdings nur um Laura. Ob sie genauso fühlt wie ich? Oder bin ich nur ein Zeitvertreib für sie? Das Hany durchbricht mit einem lauten Piepsen meinen Gedankengang. Schnell durchwühle ich die Sachen auf dem Beifahrersitz und lande allerdings fast im Graben. Man sollte besser aufpassen wo man hinfährt.

„Handys sind nicht umsonst am Steuer verboten", denke ich, lese die Nachricht aber trotzdem.

„Ich danke dir für dein Verständnis, Francis. Anna geht es langsam besser, aber wir fahren heute schon und verlängern nicht. Ich melde mich, wenn wir zu Hause angekommen sind und hoffe wir sehen uns bald wieder. Tausend Küsse, deine Laura."

Meine Stimmung ist leicht betrübt, als ich am Restaurant ankomme. Ich hoffte, sie verlängern noch um eine Nacht. Hätte Anna ihr Gewissen nicht erst am nächsten Tag entdecken können! Menno.

Ich ärger mich über mich selbst. Diese Gedanken sind egoistisch. Laura kämpft gerade mit Anna, die sichtlich in einer großen Zwickmühle steckt und ich denke nur an mein Vergnüge und Seelenheil.

„Pfui Francis", ermahne ich mich laut.

„Sprichst du schon wieder mit dir selbst? Muss ich mir Gedanken machen, Francis? Hast du bei dem Unfall doch mehr abbekommen?" Mein Chef guckt mich mit großen Augen an. Er will gerade den Müll wegwerfen, war ja klar.

„Ne, schon gut. Alles in Ordnung", erwidere ich nur kurz und dränge mich an ihm vorbei in die Küche.

„Ja klar, das sieht man", entgegnet er nur kurz und geht Kopfschüttelnd weiter Richtung Mülltonnen.

Die Arbeit fällt mir heute schwer. Meine Konzentration ist nicht gerade gut. Ich werfe so einige Bestellungen durcheinander und mein Chef motzt mich schon an.

„Ich verfrachte dich bald in ein Kloster! Mit deinen Frauengeschichten treibst du mich noch in den Wahnsinn und in den Ruin. Erst diese Irre, die dich fast umbringt, dann meine Tochter, in dessen Gegenwart du alles fallen lässt, und nun diese andere Schönheit, die dir scheinbar deine Konzentration raubt!", meckert er mich an.

„Tut mir leid", entgegne ich kleinlaut. Mehr bekomme ich nicht raus. Ich weiß was ja er meint und dass er recht hat. Dauernd schaue ich auf mein Handy und zucke bei jedem Piepsen zusammen. Die Bestellungen und Sonderwünsche werfe ich teilweise komplett durcheinander, so dass die Gerichte noch einmal hergerichtet oder sogar neu gekocht werden müssen. Was ein Desaster, ich mache drei Kreuze, wenn Feierabend ist!

Dieses dauert leider sehr lange. Zu viele Kunden essen heute bei uns. Schön für meinen Chef, doof für meinen Feierabend. Wenigstens stimmt das Trinkgeld, obwohl ich nicht so gut drauf bin wie sonst. Meine Gedanken drehen sich nur noch um Laura. Nachdem der letzte Gast das Restaurant verlässt, räume ich schnell auf, poliere die Gläser und decke die Tische neu ein. Ich möchte nur noch eins: ins Bett. Die letzten Nächte waren eindeutig zu kurz. Beim Gedanken an die letzte Nacht muss ich allerdings lächeln.

„Kurz, aber nett. Sehr nett", denke ich und schmunzle.

Die nächsten Tage verlaufen immer gleich. Arbeiten, schlafen, meinem Vermieter im Garten helfen und voller Sehnsucht mit Laura über Whatts App kommunizieren oder telefonieren. Stundenlang können wir reden und schreiben uns davor und danach noch lange Nachrichten. Wir waren nur ein paar Tage zusammen und ich vermisse sie, als wären wir schon Jahre zusammen. Habe ich schon einmal so gefühlt? Nicht dass ich wüsste. Was macht diese Frau mit mir?

Ein paar Wochen ziehen ins Land ohne dass wir uns sehen. Sie arbeitet in der Woche tagsüber, ich hingegen abends und am Wochenende. Nicht gerade die Idealvoraussetzung für eine lange, glückliche Beziehung. Wir sind uns aber sicher, wir schaffen es. Ausgiebige Telefonate und lange Nachrichten müssen vorerst reichen, wobei das nächste Treffen geplant ist. Ich fiebere dem Termin schon entgegen, als Jenny wieder im Restaurant auftaucht.

„Au backe", denke ich noch, als sie mir einen Kuss auf die Wange gibt.

„Das solltest du wohl lassen meine liebe, der hat nicht auf dich gewartet. Inzwischen hat Francis sich anderweitig umgeschaut", witzelt mein Chef als er dieses sieht.

„Was?" Sie stemmt ihre Hände in die Hüften und mir wird etwas schlecht.

Ich versuche etwas zu erwidern, aber mir bleiben meine schlauen Worte im Hals stecken.

„Du hast nicht auf mich gewartet, Francis? Aber wir wollten doch heiraten! Was wird denn nun aus unserem Kind?", brüllt Jenny mich an.

Oh Gott, mir wird speiübel, mein Chef bekommt hektische rote Flecken.

Ich fürchte ich stecke in der Klemme! Denke ich, als Jenny in schallendes Gelächter ausbricht.

„Nicht witzig!", Motzt mein Boss. Und dem muss ich voll und ganz zustimmen.

„Gar nicht witzig!", Setze ich hinzu.

„Bleibt ruhig mein kleiner Franzose, ich sagte dir doch ich will nur Spaß. Und den hatte ich! Und keine Sorgen, wir haben kein Kind", zwinkert Jenny mir zu als ihr Vater sie schnell unterbricht.

„Jenny! Bring mir den Mann nicht wieder durcheinander. Nach dem letzten Mal brauchte ich neues Geschirr! Seine Frauengeschichten machen mich arm! Francis läuft gerade wieder rund im Kopf, also bitte Tochter. Wenn du mich nicht vorzeitig ins Grab und dein Erbe ruinieren möchtest, lasse Francis in Ruhe arbeiten! Bitte!", Setzt er flehend hinzu.

In Anbetracht dieser Worte muss ich schlucken. Er hat es schon nicht leicht mit mir als Arbeitnehmer, ich es aber verdammt gut mit ihm als Chef.

„Ok, Papa, ich werde artig sein und ihn nicht durcheinanderbringen." Jenny zwinkert mir verschwörerisch zu, worauf mir eine Tasse runterfällt.

„Siehst du was ich meine, Töchterchen!", Er seufzt entnervt.

Mit hochrotem Kopf hebe ich die zerbrochene Tasse auf und gehe. Das wird mir hier zu bunt.

Ich ärgere mich über meine Reaktion Jenny gegenüber. Ich habe Laura und bin glücklich, auch wenn wir uns nicht mehr gesehen haben. Wieso bringt Jenny mich noch so aus dem Konzept. In meiner Hose rührte sich zumindest heute nichts bei ihrem Kuss.

„Ein Fortschritt", denke ich.

Endlich ist es soweit. Laura kommt mich besuchen! Wir haben beide Urlaub und wollen eine Woche ganz für uns verbringen. Anna kommt diesmal nicht mit, wir sind also ungestört. Insgeheim freue ich mich, dass wir alleine sind, auch wenn es egoistisch ist. Anna ist schließlich Lauras beste Freundin. Ich zähle die Tage bis Laura endlich da ist. Mit Jenny ist es freundschaftlich geworden. Sie hat noch einmal versucht mich zu verführen, aber ich ließ sie abblitzen. Es fiel mir auch gar nicht schwer. Was macht Laura nur mit mir, das wäre mir vorher nicht passiert. Danach hat Jenny es verstanden und es kommen keine Annäherungsversuche mehr. Wir können normal miteinander arbeiten, was meinen Chef sehr freut, da dies Geschirrschonender ist.

Hibbelig stehe ich auf meiner Auffahrt. Wo bleibt sie denn? Sie müsste schon längst hier sein! Endlich sehe ich ihr Auto am Ende der Straße einbiegen. Etwas flott ist sie unterwegs, Laura hat es wohl ebenso eilig wie ich. Mit einem Ruck kommt ihr Auto bei mir zum Stehen, die Autotür springt auf und sie in meine Arme! Endlich!

Mit einem langen ausgiebigen Kuss begrüßen wir uns. In meiner Hose wird es verdammt eng und am liebsten würde ich sofort unanständige Dinge mit ihr tun. Wir reißen uns allerdings lieber zusammen, die Nachbarn müssen ja nicht alles mitbekommen. Schnell das Auto abschließen und nach oben laufen. Ich kann kaum meine Finger, geschweige denn den Mund von ihr nehmen. Gott hatte ich Laura vermisst.

Wir kommen nicht weit. Im Flur fliegen nach und nach unsere Klamotten, die viel zu lästig sind.

Reden können wir später! Wild küssend taumeln wir durch meine Wohnung, kommen allerdings nicht sehr weit, viel zu groß ist unser Verlangen. Das erste Mal lieben wir uns gleich im Flur. Ich hoffe nur inständig, dass mein Vermieter uns nicht hört. Laura ist nicht gerade leise. Wild atmend stehen wir an meiner Garderobe, die leicht gelitten hat, da Laura sich an ihr festgehaltfesthält. Sie ist leicht schief.

„Die ist nicht ganz fest würde ich sagen", schmunzelt Laura.

„Ich fürchte du hast recht, ich werde die wohl nochmal fester machen müssen", lächle ich zurück.

„Dann wollen wir doch mal sehen, was hier noch alles nicht ganz fest ist", verschmitzt grinst sie mich an und fängt sofort wieder an mich wieder wild zu küssen.

„Himmel, die bringt mich um meinen Verstand", denke ich noch, dann ist mein Gehirn ausgeschaltet, andere Regionen meines Körpers übernehmen erneut die Führung. Wir stellen fest, mein Küchentisch, mein Stubentisch, der Kühlschrank und meine Coach sind festgenug und halten unserem Verlangen stand. Ich bin danach allerdings ziemlich aus der Puste und habe verdammten Durst!

„Wenn das so weiter geht, brauche ich nach meinem Urlaub erstmal Urlaub!", Schnaufe ich.

Das entlockt Laura nur ein lächeln, denn sie ist genauso außer Atem.

„Pause", flehe ich.

„Las uns was essen und trinken, dann bin ich auch bald wieder bei Kräften", beteuere ich.

„Keine Angst, Francis, ich habe noch andere Dinge vor als nur mit dir im Bett zu verbringen", lacht Laura laut und geht Richtung Bad.

„Was wollen wir heute Abend machen? Gibt es hier nette Restaurants oder eine schöne Kneipe, wo man hingehen kann?", Flötet Laura aus dem Badezimmer.

„Netter Restaurants? Außer dem hervorragenden Restaurant in dem ich arbeite? Du willst mich ja wohl nicht verführen fremd zu essen! Wobei der tolle, gutaussehende und freundliche Kellner gerade Urlaub hat!", Nöle ich spitzfindig.

Es kommt allerdings keine Antwort mehr, ich höre wie die Dusche angeht. Ich gehe ebenfalls Richtung Bad und bleibe in der Tür stehen. Laura steht in der Dusche, ihre Haare hängen nass am Rücken runter, das warme Wasser läuft über ihr Gesicht, am Hals, hinab über ihre perfekten Brüste. Dort bleibt mein Blick hängen. Wie kann man nur so einen tadellosen und perfekten Körper haben! Das ist Männerfolter. Erneut setzt mein Gehirn aus, mein Blut wird in anderen Körperteilen benötigt.

Als wenn Laura es geahnt hat, dreht sie sich zu mir um

„Komme ruhig rein, Francis, du kannst auch eine Dusche gebrauchen", flötet sie mir zu.

„Wir wollten doch essen, oder so", stammle ich.

„Wenn du meinst", Laura zieht eine Fluntsch.

Diese Einladung lasse ich mir doch lieber nicht entgehen.

Schnell springe ich mit unter die Dusche, erkunde ihren Körper und lasse mich voll und ganz fallen. Bei ihr kann ich ganz und gar ich sein. Mit ihrem Körper bringt sie mich um den Verstand, der aussetzt sobald sie mich berührt. Ich brauche nicht denken, wenn wir miteinander schlafen, oder gar nachdenken was richtig oder falsch ist. Sie zeigt mir was sie gerne hat und braucht. Das habe ich noch nie erlebt. Laura ist bestimmend, ohne dominant zu sein und sanft ohne schwach zu sein. Ich seufze.

„Alles ok?", Sie holt mich aus meinen Gedanken.

„Ja, mehr als o.k.!" Gebe ich zu und küsse sie voller Leidenschaft. Aber nicht mit der Leidenschaft, die Sex entstehen lässt, sondern Leidenschaft, die Liebe zeigt.

„Wow! Was war das denn Francis?" Große Augen blicken mich an.

„Einfach so", gebe ich kleinlaut zu.

„Ich habe gerade eine Rosarote Brille an, denke ich", setze ich verlegen zu und merke wie mein Gesicht rot wird. Wurde ich schon öfters rot? Ja bei Jenny, aber das hatte allerdings andere Gründe.

„Was machen wir denn nun? Essen? Kino?" Voller Enthusiasmus springt Laura aus der Dusche.

„Was ist mit erst Essen gehen und danach noch in eine Bar, Cocktails trinken und etwas Billard spielen. Ich kenne da was Nettes. Essen gehen machen wir natürlich bei meinem Chef, da wissen wir wie gut das Essen ist." Zwinkere ich verschwörerisch.

Außerdem möchte ich mit Laura etwas angeben, aber das sage ich lieber nicht laut.

„Das hört sich klasse an." Ertönt ihre Antwort aus dem Schlafzimmer. Ich stehe immer noch splitterfasernackt im Badezimmer.

„Francis, was sagst du zu diesem Kleid hier? Oder ist das zu Overdressed?" Laura dreht sich vor meinen Augen hin und her in einem wundervollen roten, Bodenlangen Kleid, mit einem tiefen Rückenausschnitt, welcher fast bis zum Po reicht. Mir verschlägt es die Sprache.

„Francis? Jemand zu Hause?" Laura lacht.

„Ich bin ja nicht der Eifersüchtige Typ von Mann, aber wenn du das anlässt, fürchte ich, dass wir erstmal in ein Waffengeschäft müssen. Selbst meinem Chef fallen bei diesem Anblick die Augen raus. Dann brennt das Essen an und wir können es nicht genießen. Außerdem bin ich dann den halben Abend damit beschäftigt dir die Männer vom Hals zu halten und verhungere dabei. Hast du noch was nicht ganz so aufreizendes zum Anziehen dabei? Einen Kartoffelsack vielleicht?" Gebe ich schluckend zu. Mein Mund wird trocken und ich fürchte ich hyperventiliere gleich.

„Ich gucke mal", und schon ist sie wieder verschwunden.

Ich hingegen stehe immer noch nackt im Badezimmer, allerdings mit wenig Blut im Kopf. Himmel noch eins, das kann doch nicht normal sein. Was war im Kaffee heute Morgen? Viagra?

„Ziehst du dich eigentlich noch an? Oder passt deine Hose gerade nicht?", Grinsend erscheint Laura erneut in der Badezimmertür. Diesmal hat sie einen schwarzen Hosenanzug an, der sich hervorragend um ihre Kurven schmiegt, ihre schmale, aber frauliche Taille hervorhebt und ebenfalls den halben Rücken zeigt.

„Gerade noch genehmigt", pfeife ich.

„Das sehe ich", Laura zwinkert und guckt an mir herunter. Ihr Blick bleibt dort hängen, wo mein Blut erneut seinen Weg gefunden hat.

„Auch der verfehlt seine Wirkung nicht", lache ich Schulterzuckend.

„Das sehe ich. Aber ich würde gerne was Essen. Meinst du, du schaffst noch so lange?" Langsam kommt sie näher.

Mit einem flüchtigen Kuss renne ich an ihr vorbei. Ich brauche wieder Blut im Gehirn! Fluchtartig verlasse ich das Badezimmer und suche mir Klamotten heraus. Auch ich putze mich etwas heraus. Eine dunkle Hose und ein dunkelblaues Hemd lassen Laura pfeifen, als ich das Badezimmer betrete.

Schnell noch die Haare gemacht und schon fahren wir los Richtung Restaurant.

Die ganze Fahrt unterhalten wir uns. Sie ist nicht nur hübsch und sexy, sondern man kann auch noch mit ihr reden. Bei ihren Telefonaten und Nachrichten habe ich schon gemerkt, dass nicht nur die sexuelle Ebene stimmt, sondern mich auch der Rest des Ganzen anzieht. Trotzdem verblüfft es mich, wie gut wir uns verstehen. Ganz Gentleman like halte ich ihr selbstverständlich die Autotür, sowie die Restauranttür auf. Laura zieht die Blicke der männlichen Gäste sofort auf sich, selbst von denen, die ihre Frauen dabeihaben. Diese sind nicht sehr erfreut. Einige rollen mit den Augen, andere räuspern sich laut, damit die Herren der Schöpfung sich wieder auf ihre Ehefrauen konzentrieren. Ich schlucke, bin ich ihr gewachsen? Laura ergreift meine Hand und drückt sie sacht. Kann sie Gedanken lesen? Ich zweifelte nie an mir, die Blicke der Frauen, die mir zugeworfen werden, sprechen immer Bände und mein Trinkgeld ist doch recht ordentlich. Ich kann durchaus von mir behaupten, ich sehe sehr gut aus, aber gegen Laura komme ich mir klein und unbedeutend vor. Jenny erscheint auf der Bildfläche und auch sie scheint von Lauras Aussehen kurz überrascht. Hat sie mir so eine tolle Frau nicht zugetraut? Na danke auch.

„Francis, schön dich hier zu sehen. Schick siehst du aus", schmeichelt Jenny mir und gibt mir rechts und links ein Küsschen. Es ist mir ein wenig mulmig zu Mute. Wie wird Laura reagieren? Laut schlucke ich an den Gedanken wie Marie immer reagiert hat, wenn mich nur eine Frau angesehen hat. Doch Laura lächelt.

„Hast du noch einen Tisch für zwei, Jenny?" Frage ich schnell. Die Situation ist mir arg unbehaglich.

„Für dich immer, mein kleiner Franzose", säuselt Jenny verführerisch. Will sie mich etwas reizen? Oder möchte sie Laura reizen? Es war eine ganz doofe Idee hierher zu kommen!

„Ist der hinten in der Ecke frei? Tisch fünfundzwanzig?", Versuche ich mir nichts anmerken zu lassen, warte allerdings keine Antwort ab, sondern ziehe Laura hinter mir her Richtung Tisch. Man kann von dort zwar nicht direkt auf das Meer blicken, aber man ist ungestört.

„Die hat aber ein Auge auf dich geworfen mein Lieber", Laura scheint es nicht entgangen zu sein. Mir wird noch unbehaglicher zu Mute.

Ganz doofe Idee, Francis, ganz, ganz doofe Idee! Denke ich, bringe aber kein Wort heraus.

„Oh, ihr hattet wohl schon was miteinander. Macht man denn sowas?" Laura grinst und schnalzt verächtlich.

Darauf fällt mir noch weniger ein, wenn das überhaupt geht.

Jenny erscheint mit den Karten am Tisch und reicht sie uns.

„Einen ganz heißen Feger hast du da aufgerissen. Hauptsache nicht wieder so eine Verrückte!", Jenny läuft zu Höchstform auf.

„Das nehme ich denn mal als Kompliment. Aber auf Dreier stehe ich nicht, also mach dir keine Hoffnung", schlägt Laura zurück, ohne aus der Karte aufzublicken.

Mir wird warm. Sehr, sehr warm.

Lachend holt Jenny den Block raus und fragt nach unseren Getränken.

„Was für eine Verrückte?", Lauras Neugierde ist geweckt.

„Eine Freundin von mir war etwas Eifersüchtig. Sie nennt sie nur Verrückte, da sie gerne mal mit Gegenständen warf", erkläre ich nur kurz. Die Sache ist mir sehr unangenehm. Ich habe keine Lust über Marie zu reden und mir meine Laune versauen zu lassen. Ich untertreibe zwar ein bisschen, aber verschrecken will ich Laura ja nicht. Es reicht schon, dass sie mit Jenny konfrontiert wird. Wobei sie ihr ohne Probleme die Stirn bieten kann und auch tut.

Der Abend verläuft zum Glück ohne weitere Zwischenfälle. Jenny macht keine Andeutungen mehr und begegnet Laura mit Respekt. Die Beiden unterhalten sich sogar. Frauen sind komische Geschöpfe.

Unser Essen ist lecker und Laura verputzt den kompletten Teller. Wo lässt sie das nur? Zum Nachtisch gibt es einen Absacker von meinem Chef, der es sich nicht nehmen lässt an unseren Tisch zu kommen. Und nicht nur das, er setzt sich sogar dazu. Zum Glück benimmt wenigstens er sich und macht keine blöden Sprüche.

Laura verabschiedet sich freundlich von allen und beteuert bald wieder zum Essen zu kommen. Sogar in die Küche geht sie um sich zu bedanken. Spätestens jetzt hat sie den Rest der Crew um ihre Finger gewickelt.

„Halte sie fest Francis. Ihr passt toll zusammen", flüstert Jenny mir zum Abschied zu.

„Danke", erwidere ich überrascht. Meint Jenny das ernst?

Frauen sind mehr als komische Geschöpfe.

Hand in Hand gehen wir am halbdunklen Meer entlang. Die Sonne geht langsam unter und es ist einfach romantisch.

„Laura?" Ich bin unsicher, das bin ich gar nicht von mir gewohnt.

„Ja mein kleiner Franzose?", Witzelt Laura.

„Nicht lustig, gar nicht lustig!", Ich maule.

„Och Francis, mir ist doch klar, dass du schon andre Frauen hattest. Denkst du ich war eine Nonne vor dir? Und Jenny ist wirklich nett und wollte mich nur testen. Wir haben uns unterhalten, als du auf der Toilette warst. Das ist in Ordnung gewesen. Ich hatte schon schlimmere Begegnungen mit Ex-Freundinnen. Glaube mir!", Versichert mir Laura lachend.

„Wo warst du nur die letzten Jahre, Laura?" Ich ziehe sie an mich heran und küsse sie leidenschaftlich.

„Das klang nun aber wie in einem Groschenroman, aber ich glaube ich weiß wie du es meinst." Ihr Lächeln verzaubert mich.

Ein Knacken holt uns aus unserer Welt.

„Was war das?" Laura guckt in die Dunkelheit?

„Wir sind hier leider nicht alleine. Bestimmt noch ein anderes Liebespaar. Wollen wir zurück zum Auto gehen? Es ist inzwischen doch sehr dunkel geworden. Ich weiß was wir zu Hause noch machen können", witzle ich.

Laura springt sofort darauf an. Ich kann nicht sehen wie sie reagiert, aber spüren! Ihre Hand wandert an meinem Rücken hinab zu meinem Hintern und kneift geradewegs hinein.

„Au, bitte etwas sachte mit meinem knackigen Gesäß! Sonst muss ich mich revanchieren", flirte ich.

„AU!" Laura brüllt auf und etwas fällt mit einem dumpfen Geräusch zu Boden.

„Was hast du?" Verwirrt gucke ich zu Laura.

Mit einer Hand fasst sie sich an den Kopf: „Mich hat was am Kopf getroffen. So musst du dich aber nicht revanchieren, ich dachte da eher an etwas Gerangel, nichtgleich an eine Gehirnerschütterung."

„Lass mal sehen. Du blutest ja. Ich war das garantiert nicht!", verteidige ich mich. Bäume sind hier keine und wir schauen uns im Dunkeln um, sehen aber nichts. Nur das Übliche, Steine, Sand und noch mehr Sand.

Ein paar jugendliche Besoffene sind einige Meter von uns entfernt zu hören.

„Die haben bestimmt etwas weggeworfen. Habt ihr hier keine Mülleimer am Meer?" Laura hat ihren Humor noch nicht verloren.

„Wenn ich die in die Finger bekomme!", Nun bin ich wütend, beherrsche mich aber und drücke Laura ein Taschentuch auf ihre Wunde.

„Wir gehen zum Restaurant zurück und gucken uns das mal an. Da ist ein Verbandskasten und wir können es auch säubern und verbinden, falls nötig." Besorgt ziehe ich Laura in meine Arme.

„Ihr könnt euch wohl nicht trennen, was?" Jenny lacht. Dieses Lachen verebbt aber sofort, als sie Laura sieht. Allerdings nicht aus Eifersucht, sondern eher, weil Laura etwas Blut übers Gesicht läuft. Von dem getrockneten Blut, welches sich schon darauf befindet, mal ganz abgesehen.

„Was ist passiert? Papa, kannst du mal den Verbandskasten holen?" Jenny ruft in die Küche und kommt sofort herbei.

„Eure weißen Möwen machen große, schwere Haufen", witzelt Laura.

„Was?" Jenny guckt verwirrt.

„Es waren wohl ein paar besoffene Jugendliche, die am Strand gerne mal was trinken. Wir denken die haben was weggeschmissen und Laura getroffen. Gesehen haben wir sie nicht mehr, aber gehört", versuche ich zu erklären.

Jenny macht sich sofort dran und säubert die Wunde. Diese ist nicht groß, das Blut im Gesicht lässt es nur so gefährlich aussehen. Nachdem dieses weg und die Haare aus der Wunde sind, sieht es nicht mehr so schlimm aus. Nur das

Pflaster auf der Stirn erinnert nun noch an den Zwischenfall.

„Wir haben die Jugendlichen hier lang gehen sehen. Sehr besoffen schienen die nicht. Aber wer weiß, was für einen Blödsinn die immer vorhaben", erzählt Jenny.

„Danke Jenny. Habt ihr häufiger mit solchen Idioten hier zu kämpfen?" Laura fasst sich vorsichtig an die Stirn.

„Nur ab und an mal. Früher kaum, aber in letzter Zeit randalieren hier häufiger mal welche. Kaputte Tische oder Stühle hier, verschmierte Fensterscheiben da. Es scheint sich eine neue Gruppe hier irgendwo zu treffen. Ich hoffe sie sind es bald Leid! Das wird auf Dauer doch sehr teuer!", Mein Chef erklärt erbost die Lage.

„Im Winter ist der Spuck bestimmt vorbei. Lass uns nach Hause, Laura. Oder sollen wir nicht doch ins Krankenhaus fahren?" Mit hochgezogenen Augenbrauen betrachte ich das Pflaster auf Lauras Stirn.

„Nun übertreibe mal nicht Francis. Es ist nicht so schlimm. Lass uns lieber noch was unternehmen. Ich weiß da was!" Laura nestelt schon wieder an meinem Hemd rum, dabei sind wir gerade erst zu Hause angekommen.

Die ganze Fahrt haben wir diskutiert, da sie noch etwas unternehmen will und ich der Meinung bin, sie braucht Ruhe.

„Ne, ne. Du ruhst dich aus und wir machen einen Fernsehabend. Gucken wir mal was kommt." Ich robbe etwas von ihr ab.

Verwirrt schaut sie mich an: „Was ist los, Francis? Los sag schon"

„Laura, ich möchte nicht, dass es nur körperlich ist. Ich will nicht, dass unsere Beziehung nur aus Sex besteht! Ich mag dich. Ich mag dich sogar sehr." Betreten gucke ich zu Boden.

Hoffentlich mache ich nicht alles kaputt. So eine Frau wie Laura hatte ich noch nie.

„Francis, ich mag dich auch. Sehr sogar. Ich reduziere dich nicht nur auf deinen Körper. Wenn du das befürchtest. Auch wenn der wirklich heiß ist! Ich mag Sex, sehr. Und ich denke, wir sind jung und sollten jede Sekunde auskosten." Innig fängt sie mich an zu küssen.

Das ich mal so ein Gespräch mit einer Frau habe, habe ich mir auch nicht träumen lassen. Marie war schon wild auf Sex, aber nicht so, eher um den Gesprächen aus dem Weg zu gehen, oder sich zu versöhnen. Da hatte ich nie ein schlechtes Gewissen, weil wir nur Sex hatten, sondern war eher froh nicht mit ihr sprechen zu müssen. Aber bei Laura ist es anders, ich will das nicht kaputt machen.

„Chips oder Popcorn?", halte ich Laura die Tüten hin.

„Beides!" Und schon springt sie auf und nimmt mir die Tüten ab. Genauso schnell ist die Chipstüte geöffnet und eine Handvoll in ihrem Mund verschwunden.

„Sag mal hast du einen Bandwurm? Oder wo lässt du das alles? Ich bin immer noch pappsatt", bemerke ich kleinlaut.

„Du hast es mir doch angeboten", schmatz Laura.

Schulterzuckend setze ich mich daneben.

„Was wollen wir nun gucken? Worauf hast du Lust?" Frage ich und wappne mich schon mal für eine Liebesschnulze. Wobei ich gerade sogar in der Stimmung für eine wäre.

„Action oder Komödie, was Rasantes wäre auch gut", kaut Laura.

„Action?", bist du sicher? Ich kann es kaum glauben.

„Ja, ich mag Action Filme. Kennst du Mission Impossible?" Ihre Augen fangen an zu funkeln.

Wir zappen durch den Fernseher und sämtliche Leihmöglichkeiten, können uns aber irgendwie nicht richtig entscheiden.

„Viel zu viel Auswahl", stelle ich entnervt fest.

„Machen wir ein Spiel. Wir packen ein paar Filme, die in Betracht kommen, in die Wunschliste. Dann drehen wir uns um, du schaltest so lange rechts, bis ich stopp sage. Der Film, der dann angeklickt ist, den gucken wir!"

Lauras Vorschlag klingt gut.

Gesagt, getan. Wir haben zehn Filme, die in die engere Auswahl kommen. Und bei welchem Film bleiben wir hängen? Na klar, Mission Impossible.

„Komisch, ich könnte schwören du hast geschummelt", bemerke ich spitzfindig.

„Niemals, wie kannst du nur sowas von mir glauben?", Laura tut erbost.

Also hat sie wohl tatsächlich geschummelt.

Eng aneinander gekuschelt gucken wir den Schauspielern bei den atemberaubenden Stunts zu, genießen Chips, sowie Popcorn und einfach die gemeinsame Zeit.

„Ach schon wach?" Wunderhübsche Augen blicken mich an.

„Du hast mich geküsst, da kann ich gar nicht weiterschlafen", gebe ich spitzfindig zur Antwort.

„Entschuldigung. Ich konnte nicht mehr schlafen", etwas schüchtern nestelt sie an ihren hübschen, zerzausten Haaren rum.

„Schon gut, ich werde gleich wach. Warte nur noch so ein bis zwei Stunden."

„Dann muss ich dir wohl helfen beim Wach werden", mit diesen Worten verschwindet ihre Hand unter meiner Decke und landet auf meiner Brust.

Langsam streichelt sie weiter. Rechte Brust, linke Brust, weiter runter Richtung Bauchnabel.

Scharf ziehe ich die Luft ein: „Moment, Moment mal!"

Unschuldig, aber gar nicht mehr schüchtern schaut Laura mich an.

„Was heißt hier Moment, ich fange gerade erst an."

Und schon folgen ihren Lippen ihren Fingern. Rechte Brust, linke Brust, weiter runter Richtung Bauchnabel.

Wild atmend schmelze ich unter ihren Lippen, unter ihrer Berührung, wie Eis unter einer Heizdecke.

„Bist du nun jetzt wach?", Verschmitzt lächelt sie mich an.

„Kann man so sagen, aber immer noch müde", grinse ich.

„Du spinnst wohl!" Und schon schleudert Laura mir ein Kopfkissen ins Gesicht.

„Hey, die andere Art mich zu wecken finde ich angenehmer!", nöle ich zur Ablenkung.

Das hätte ich nicht sagen sollen! Mit einem Ruck zieht Laura an meiner Decke, so dass ich vor ihr liege, wie Gott mich schuf! So schnell kann ich nicht einmal reagieren.

„Willst du, dass ich erfriere!", Lachend rolle ich mich zur Seite und schnappe mir das Kissen welches auf dem Boden liegt. Eine wilde Kissenschlacht entfacht.

Völlig verschwitzt durch das Toben liegen wir auf meinem Bett.

Total außer Atem flehe ich um eine Pause: „Gnade! Gnade!"

Ich brauche etwas zu trinken."

„Gibst du auf?" Wild funkelt Laura mich an.

„Aufgeben? Habe ich das gesagt?! Nein, nur eine Pause", versuche ich zu verhandeln.

„Du hoffst wohl auf eine Gnadenfrist. Gibt auf, ich habe dich besiegt!", Mit einem Satz sitzt sie auf mir, küsst mich kurz, springt auf und flitzt ins Badezimmer.

„Schade, da hättest du sitzen bleiben können!", rufe ich hinter ihr her.

Keine Antwort. Schade.

Ich bin ja nicht unersättlich, aber bei diesem Körper kann man kaum wiederstehen.

Doch ich muss wohl warten, ich höre wie die Dusche angeht. Oder soll ich einfach mit drunter schlüpfen. Ne, ich entscheide mich dagegen. Ich will Laura nicht verschrecken oder gar drängen. Es läuft so gut zwischen uns und über zu wenig Sex kann ich mich wirklich nicht beklagen!

Also springe auch ich auf, ziehe mir fix einen Bademantel über und bereite das Frühstück vor, so lange ich auf die freie Dusche warte. Der Kühlschrank sieht allerdings etwas leer aus.

Auweia.

Als ich leise Schritte hinter mir höre, drehe ich mich um und es verschlägt mir fast die Sprache wie schön sie ist.

„Bekomme ich einen Kaffee? Oder bist du beschäftigt?", flirtet Laura los.

„Der ist sofort fertig. Nur mit dem Frühstück sieht es mau aus. Ich habe nicht viel zu Essen, fürchte ich."

Laura zieht die Kühlschranktür auf: „Na da untertreibst du aber. Nicht viel? Marmelade und ein Ei. Selbst bei mir ist mehr vorhanden."

„Und meins beantwortet noch keine Frage!". angewidert öffnet Laura das Marmeladenglas und betrachtet den Schimmel.

Das ist tatsächlich schon etwas sehr lange in meinem Besitz.

Mit spitzen Fingern und gerümpfter Nase wird es wieder verschlossen und wandert in den Mülleimer.

„Ich bin doch eher für Frühstücken gehen", stellt sie fest.

„Aber erst nach ein oder zwei Kaffee. Oder kann der auch schon rechnen?" Laura zieht ihre Augenbrauchen hoch und guckt in die Kaffeedose. Der ist aber noch gut.

Sehr lustig.

„Nein, der ist frisch. Ich esse zwar im Restaurant, aber Kaffee brauche ich dann doch vor der Arbeit", erwidere ich etwas gekränkt.

„Sei nicht geknickt. Wir können ja nachher mal einkaufen. Aber kochen kann ich nicht! Das sage ich dir gleich. Aber deshalb habe ich mir ja einen Kellner gesucht, die kommen immer an gutes Essen ran!" ", lachend fällt sie mir in die Arme.

„Und ich dachte es war wegen meinem tollen Aussehen!", verschränke ich die Arme.

„Na und deshalb. So habe ich quasi zwei Fliegen mit einer Klappe geschlagen.", zwinkert Laura mir zu.

„Aber diesmal ohne tieffliegende Flaschen oder was auch immer das war."

KAPITEL 13

Die Tage vergehen wie im Flug. Mit Laura ist alles so einfach. Wir gehen Essen, wenn uns danach ist, gucken Fernsehen und können sogar in Kneipen oder Cocktail Bars, ohne dass eine Szene ausbricht. Einmal treffen wir uns sogar mit Jenny, um alle zusammen einen gemeinsamen Abend zu verbringen. Sie hat auch jemanden kennen gelernt, so dass wir zu viert unterwegs sind.

Holger ist ein paar Jahre älter als sie, so in meinem Alter und ein Bär von einem Mann. Wie ich ihn das erste Mal sehe, bleibt mir fast die Spucke weg. Ich möchte ihm kaum die Hand geben, aus Angst er zerquetscht sie mir. Auch Laura staunt und gibt nur zögerlich ihre zarten Finger hin, was man ihr allerdings mehr, als mir anmerkt.

„Keine Angst, ich kann auch vorsichtig sein, versprochen", Holger grinst schief als er Laura die Hand gibt.

In mir keimt Eifersucht auf, das kenne ich gar nicht. Aber Laura will ich nicht wieder verlieren, sie ist mir ans Herz gewachsen. Da kann nicht irgendwer daherkommen und sie anflirten. Ich schnaufe verächtlich.

Im Laufe des Abends merke ich allerdings, dass Holger nur Augen für Jenny hat. Er ist ein sanfter Riese und liest ihr alle Wünsche von den Lippen ab. Auch Jenny schwebt im siebten Himmel. Das beruhigt mich. Laura und Jenny verstehen sich super, manchmal allerdings zu gut. Einige Scherze gehen auf meine Kosten.

Sehr lustig Mädels.

„Ich bin mir nicht sicher, ob das schlau von mir war euch bekannt zu machen", schmolle ich Laura auf der Rückfahrt an.

„Sei nicht so spießig Francis", foppt sie mich weiter.

Sie kann es nicht lassen.

„Ich bin nicht spießig. Ich mag es nur nicht, wenn sich gegen mich verschworen wird!" Ich schmolle weiter.

„Verschworen? Nur weil ich dich mein kleiner Franzose genannt habe? Hab dich nicht so", verteidigt sich Laura.

„Du weißt, dass Jenny mich so genannt hat. Es ist nicht nett von dir, auf unser kleines Techtelmechtel anzuspielen", immer noch schmolle ich.

„Francis, selbst Holger fand es lustig. Also sei keine Mimose", Laura hat am Straßenrand angehalten und guckt mir tief in meine Augen. Ich schmelze dahin.

„Guck mich nicht so an, das ist unfair!" Ich möchte weiter schmollen.

„Was denn? Was ist unfair? Wenn ich dich wie angucke? So?" Mit einem leidenschaftlichen Blick, der mir eine Gänsehaut zaubert, schaut sie mich an.

„Ja genau so, seufze ich. Ich gebe ja zu, so schlimm war es nicht." Kleinlaut gebe ich mich geschlagen.

„Wenn ich weiterschmolle, kriege ich dann ein Eis?", witzle ich.

„Ein Eis?" Laura ist verwirrt.

„Oder Kuchen, den nehme ich auch. Im Restaurant bekommen die Kinder oft ein Eis, wenn sie schmollen", erkläre ich.

„Du bist doch kein Kind! Ich wüsste aber noch was, was wir machen können, damit du nicht mehr schmollst." Die Hände wandern langsam an meiner Wange entlang, über meine Lippen zur anderen Wange, zu meinem Kinn um mich an sich heran zu ziehen. Schwer atmend löse ich mich nur widerwillig von ihren weichen Lippen.

„Wir stehen am Straßenrand", stelle ich fest.

„Besser als auf der Straße, meinst du nicht." Und schon küsst Laura mich weiter. Mein Gehirn funktioniert nicht mehr. Wir könnten auch mitten auf der Hauptstraße stehen, mein Kopf ist ausgeschaltet, meine Vernunft funktioniert ohne Blut nicht mehr. Das wird woanders benötigt. Die Scheiben beschlagen unter unserem heißen Atem. Die Sitze nach hinten gelegt, machen wir es uns auf dem Beifahrersitz gemütlich. Wobei gemütlich das falsche Wort ist. Wir machen es uns so gemütlich wie möglich. Ich merke eh nichts mehr, spüre nur noch Lauras heiße Küsse auf meinen Lippen und ihren bebenden Körper auf mir. Ein scheppern lässt uns erschrecken und abrupt aufhören.

„Was war das?" Lauras Atem geht schnell.

„Das hörte sich nach Metall an." Ich kann kaum einen klaren Gedanken fassen. Nur mühselig komme ich ins hier und jetzt zurück.

Laura und ich ziehen uns wieder komplett an und steigen aus.

„Ich sehe nichts", bemerkt Laura.

„Aber es knallte doch was. Es war deutlich zu hören. Oder hast du den Schaltknüppel abgebrochen", scherze ich.

„Deinen jedenfalls nicht", wir foppen uns angesichts das scheinbar nichts zu sehen ist.

„Fahren wir nach Hause, da können wir weiter machen, wo wir gerade aufhörten", und schon ist sie um das Auto auf die Fahrerseite gesprungen um einzusteigen.

„Was zum Teufel ist das? Francis, ich habe den Grund gefunden!" Lauras Stimme klingt verärgert, so dass ich wieder ernst werde und an ihre Seite eile.

Der Seitenspiegel liegt ein paar Meter weiter.

„Wie kann sowas passieren?" Verwirrt gucke ich den Spiegel und das Auto abwechselnd an.

„Ich stehe wohl doch zu dicht an der Straße. Aber verdammt, kann man nicht anhalten, der Fahrer muss es doch auch gemerkt haben", ärgert sich Laura.

„Zum Glück ist sonst nichts passiert. Es scheint nur den Spiegel erwischt zu haben." Beruhigend rede ich auf sie ein.

Den Spiegel sammeln wir ein und fahren zu mir.

„So kannst du nicht nach Hause fahren", bemerke ich.

„Ohne Seitenspiegel links, kannst du keine fünfhundert Kilometer über die Autobahn jagen. Nicht bei deinem Fahrstil", foppe ich.

„Witzig, als wenn du besser fahren würdest! Was meinst du warum ich meinen Wagen fahre und nicht du? Ich brauche ihn noch ohne Beulen", ihren Humor hat sie nicht verloren.

„Nun aber ohne Seitenspiegel", lache ich, obwohl mir der Zwischenfall nicht aus dem Kopf geht.

„Hast du eine Werkstatt, die das schnell und kompetent reparieren kann?"

„Kompetent? Was kann man da schon falsch machen? Denkst wohl du bist hier mitten auf dem Dorf gelandet, was? Du Großstadtmädel, tze", provoziere ich.

„Großstadtmädel? Du legst es aber auf Ärger an!" Laura ist angesprungen, ihre Augen funkeln und ich schaffe es gerade noch aus dem Auto zu springen, als wir bei mir einparken. Sie wollte gerade ihre Fingernägel in meinem Oberschenkel vergraben, erwischt aber nur noch meinen Sitz.

Glück gehabt.

„Fang mich doch, kleines Großstadtmädel!" Foppe ich weiter und laufe Richtung Haustür während ich meinen Schlüssel in meiner Tasche suche. Ich finde ihn allerdings nicht und bremse unsanft an der Tür.

Schallendes Gelächter ertönt von Laura: „Suchst du etwa den hier?"

In den Händen hält sie meinen Schlüssel. Mist.

„Der ist dir wohl aus der Tasche gefallen als wir am Straßenrand standen". Provokativ lässt sie meinen Schlüssel hin und her wippen.

Mit erhobenen Armen gehe ich auf Laura zu: „Ok ich ergebe mich."

„Hole ihn dir doch", mit diesen Worten dreht sie sich um und rennt los.

„Mission accepted!", brülle ich und laufe hinterher. Auf dem Rasen hole ich sie ein. Zu meinem Glück hat Laura hohe Schuhe an und ist sehr langsam dadurch. Einen verliert sie sogar wie Aschenputtel und humpelt lachend weiter. Ich werfe sie zu Boden, strecke ihre Arme nach oben und halte sie an den Handknöcheln fest.

„So, spielen willst du also!" Flüstere ich. Meine Lippen sind ganz nah an ihrem Ohr. Ihr Atem geht stoßweise.

„Und wenn ich eine Werkstatt finde, die kompetent, aber langsam ist, bleibst du dann noch ein paar Tage?"

„Kompetent? Sowas gibt es hier, Landei?" In ihre Augen blitzt der Schelm auf.

„Na warte. Du vergisst wer gerade die Oberhand hat." Foppen kann ich auch.

„Oberhand? Das ich nicht lache", und schon küsst sie mich voller Leidenschaft, was mich schwach werden lässt. Nur für einen Moment lasse ich die Hände lockerer und ehe ich mich versehen kann, liege ich auf dem Rücken und Laura über mir. Wild knutschend, wie kleine Teenager, rollen wir uns quer über den Rasen.

„Du machst mich wahnsinnig!", gebe ich kleinlaut zu.

„Also, was ist nun, verlängerst du noch? Ich möchte nicht, dass du morgen fährst." Meine Stimme wird leiser.

„Wir suchen Morgen erstmal nach einer Werkstatt. Ich rufe meinen Chef an und erkläre, dass mein Auto beschädigt ist und das dringend erst repariert werden muss. Ich muss ja nicht sagen, dass es nur ein Spiegel ist, der fehlt. Ich flunkere einfach", freche Augen lachen mich an.

Mein Herz macht einen Satz. Eine Woche war viel zu kurz. Wir haben jede Sekunde ausgenutzt, viel gelacht, stundenlange Gespräche geführt, sind ausgegangen, haben lange geschlafen und auch im Bett viel Zeit verbracht. Trotzdem habe ich das Gefühl es war keine Woche, sondern nur zwei Tage. Ich will sie nicht gehen lassen! Ein Gedanke keimt in mir auf. Wie schön wäre es, wenn Laura hier oben wohnen würde. Hier oben bei mir! Und nicht fünfhundert Kilometer entfernt. Kann ich das? Mit einer Frau zusammenwohnen? Soweit dachte ich bis jetzt noch nie. Aber Laura, sie weckt in mir Gefühle, die kenne ich nicht. Eifersucht zum Beispiel. Ich war noch nie Eifersüchtig. Aber als Holger nur nett zu ihr war, da wäre ich am liebsten ausgeflippt. Nur mein Verstand und meine Erziehung ließen mich ruhig bleiben. Ok, und Lauras Blick, die dies scheinbar bemerkte.

Nach der wilden Knutscherei quer über den Rasen raffen wir uns auf und gehen zu mir hoch. Die vorläufig letzte Nacht genießen wir in vollen Zügen.

„Ja, ich weiß es, aber ich kann mit einem kaputten Auto schlecht fahren!" Lauras Stimme wird laut am Telefon Ihr Chef ist wenig begeistert, dass sie noch verlängern möchte.

„Ja Boss, ich mache der Werkstatt Dampf unterm Hintern und komme sobald ich kann. Ich melde mich wieder, sobald ich weiß, wie lange die brauchen!" Wütend schmeißt sie den Hörer auf.

„Arschloch!", brüllt sie das aufgelegte Telefon an.

„Lass mich raten, er ist nicht begeistert", bemerke ich etwas schuldbewusst. Ich machte zwar den Spiegel nicht kaputt und rief auch heute gleich bei Martas Freund an, der wiederum einen guten Freund mit einer Werkstatt hat, aber ich war doch glücklich über die Verzögerung. Und noch zufriedener war ich, als ich hörte, dass es nicht so einfach ist, wie wir dachten. Der Spiegel ist fast komplett kaputt und kann so nicht angebracht werden. Nicht nur, dass der komplett abgebrochen ist, wofür schon viel Kraft notwendig ist, nein, da hängen Kabel dran, die ausgetauscht werden müssen. Komisches Auto, aber mir soll es recht sein.

„Mein Chef ist alles andere als begeistert. Du weißt ja, dass Anna gekündigt hat, oder gekündigt wurde? So genau weiß es keiner. Naja, zumindest fehlt eine Kraft. Sie hat mehr gemacht als der Chef wahrhaben wollte", erklärt Laura.

Wir verbringen den halben Tag zusammen, dann muss ich zur Arbeit verschwinden. Ich kann die Ausrede mit dem defekten Auto leider nicht verwenden.

„Du kommst klar?" Nur ungern lasse ich Laura alleine.

„Ich bin doch kein Kind. Ich werde lesen, deine Wohnung durchwühlen und zur Not, wenn ich Hunger bekomme, rufe ich einen Pizzaboten. Vielleicht sind die ja genauso heiß wie die Kellner an der Küste", zwinkert sie mir zu.

Mit einem langen Kuss verabschiede ich mich und fahre glücklich zur Arbeit.

Der Wunsch, Laura immer bei mir zu haben, wird größer. Jede Minute die ich mit ihr verbringe wächst dieser Gedanke mehr und mehr. Nur ansprechen traue ich mich das Thema nicht, wer weiß wie sie da drüber denkt.

Die Arbeit geht mir heute locker von der Hand. Die Vorfreude auf Laura, die zu Hause auf mich wartet, beflügelt mich.

„Francis, was ist denn mit dir los? Der Urlaub hat dir gutgetan, du schwebst ja förmlich. Ich hatte schon Angst du lässt heute wieder alle Teller fallen und ruinierst mich vollends!", neckt mich mein Chef.

Ich habe echt Glück so einen netten Boss zu haben. Andere hätten mir schon längst die Hölle heiß gemacht bei meinen verzwickten Frauengeschichten.

„Laura ist noch da, ihr Auto ist in der Werkstatt", erkläre ich.

„Ach deswegen dieses Dauergrinsen auf deinem Gesicht! Dann wird Jenny heute wohl das Restaurant aufräumen müssen", lachen schaut er seine Tochter an.

„Das macht mir nichts, Holger holt mich nachher ab, der hilft mir bestimmt", flötet Jenny zurück.

Wie das Aufräumen aussehen wird, kann ich mir lebhaft vorstellen.

Das Angebot, dass ich heute nicht bis zum Schluss bleiben muss, nehme ich gerne an.

„Danke Jenny!", bedanke ich mich und gebe ihr einen Kuss auf die Wange.

„Du hast was gut bei mir", verspreche ich.

„Nun hau schon ab. Und Grüße Laura von mir. Wir müssen nochmal was unternehmen, wenn sie länger bleibt", Jenny drückt mich.

Schnell springe ich ins Auto und fahre mit hervorragender Laune nach Hause. Laura sitzt auf meinem Sofa und liest.

Ein komisches Gefühl nach der Arbeit nach Hause zu kommen und sie da sitzen zu sehen. Mein Herz macht einen Sprung. Einen Augenblick bleibe ich in der Tür stehen und betrachte das Bild von ihr auf dem Sofa. Daran kann ich mich durchaus gewöhnen!

„Da bist du ja schon. So früh habe ich nicht mit dir gerechnet", gähnt sie mich an.

Jenny macht den Rest. Ich durfte früher gehen", erkläre ich kurz, steuere direkt auf sie zu und schmeiße mich neben Laura aufs Sofa.

„Was macht das Auto?", Hoffnungsvoll frage ich nach.

„Das ist morgen Nachmittag fertig. Ich werde dann sofort losfahren. Mein Chef hat heute drei Mal angerufen. Drei Mal!", meckert Laura los.

„Auf Arbeit geht alles drunter und drüber. Dabei habe ich gar keine Lust mehr da zu arbeiten. Seit Anna weg ist, sind da nur noch diese ganzen blöden Halbidioten, die es auf mich abgesehen haben, weil ich ja mit Anna befreundet bin. Und da sie bei einem Konkurrenzunternehmen anfing, meinen die, sie müssten mich fertig machen. Dabei sind die nur eifersüchtig. Auch mein Chef macht mit. Es ist die Hölle sage ich dir", traurig guckt Laura mich an.

„Hier ist alles so einfach, Francis." Laura legt ihren Kopf in meinen Schoß.

„Meinst du, du würdest hier einen Job finden?", platzt es aus mir heraus.

Oh je, nun ist es gesagt. Wie wird Laura reagieren?

Als sie den Kopf hebt, befürchte ich schon das Schlimmste.

„Ist das dein Ernst? Meinst du das wirklich ernst oder machst du Scherze? Francis, damit macht man keine Witze!" Ihre Stimme zittert und sie redet ohne Punkt und Komma!

Meine Worte kommen nur noch leise raus: „Ich möchte dich bei mir haben Laura. Ich will nicht, dass du wieder gehst. Zieh hier ein. Bitte!"

Keine Antwort, nur ein Blick tief in meine Augen.

„Laura?"

Keine Antwort.

„Laura!" Ich bin nervös

Keine Antwort.

„Laura! Hallo, kannst du mal was sagen, du machst mich echt fertig!", brülle ich schon fast.

Immer noch keine Antwort, dafür erhalte ich aber einen langen und leidenschaftlichen Kuss. Ihre Hände wandern unter mein Shirt, ziehen mich aus und werfen es in die nächste Ecke.

„Soll das ein ja sein?", flüstere ich unter ihren Küssen.

„Ein deutliches ja", raunt sie.

„Das wird deinem Chef nicht gefallen", lache ich immer noch küssend.

„Gar nicht!", bestätigt Laura, lässt aber ebenfalls nicht von mir ab.

Wild küssend und die Klamotten über den ganzen Boden verteilend, arbeiten wir uns ins Schlafzimmer vor.

KAPITEL 14

Vor zwei Wochen ist Laura nun wieder zurückgefahren, um zu kündigen und ihre Sachen zu regeln. Täglich telefonieren wir, wälzen Zeitungen und lesen uns durchs Internet, um ihr schnell einen neuen Job zu suchen. Gar nicht so einfach, stellen wir fest. Entweder ist es zu weit weg von meinem Dorf, welches ja nun nicht gerade groß ist oder es wird nicht viel gezahlt.

Meine Wohnung werden wir erstmal behalten, für zwei Personen reicht diese und sie ist günstig, so dass wir diese auch halten können, falls Laura nicht sofort einen neuen Job findet.

„Hier ist eine gute Anzeige. Nicht so weit weg!", Ich bin enthusiastisch.

„Welche meinst du?" Laura ist deprimiert, so schwer hat sie sich das Ganze nicht vorgestellt. Aber wir sind hier im Norden, da gibt es nicht so viel Arbeit wie bei ihr.

„Nummer 15678." Ich lasse mich nicht entmutigen. Wir suchen schließlich erst seit kurzem und noch muss sie eh unten bleiben.

„Klingt tatsächlich gar nicht so schlecht. Ich schreibe da mal hin!" Auch Laura klingt positiv.

Unsere Telefonate laufen immer gleich ab. Wir klappern gemeinsam die Internetseiten durch und suchen Anzeigen raus, worauf Laura sich bewerben kann. Ich kann es nicht erwarten, wenn sie endlich wieder hier bei mir ist. Zwei Monate müssen wir aber noch warten. Die Wohnung hat sie gekündigt, den Job ebenfalls, aber durch die Kündigungsfrist muss Laura nun immer noch zwei Monate durchhalten. Ihr Chef und die Kollegen machen ihr das Leben wirklich schwer.

„Kommst du am Wochenende und bringst schon mal was her?" Ich versuche sie aufzuheitern.

„Ich denke das klappt nicht. Sie haben mich mit Arbeit zugeschüttet und muss noch einiges zu Ende bringen bevor ich gehe", Laura klingt traurig.

„Schade, ich vermisse dich!" Mir kommen schon fast die Tränen. Was bin ich für ein Weichei geworden. Es sind ja nur noch zwei Monate höchstens, dann kommt sie für immer.

Für immer. Was ein Gedanke. Mein Bauch kribbelt voller Vorfreude!

„Wir müssen auflegen. Ich muss morgen wieder früh raus und mache mich danach gleich an die nächsten Bewerbungen. Grüße Jenny von mir." Lauras Stimme klingt müde.

„Langsam, nicht so schnell, das Ding ist schwer!", nörgle ich.

„Stell dich nicht so an, ich trage ja auch noch mit. Und nun Beeilung. So wird das heute nichts mehr!", Laura treibt mich an.

„Du Sklaventreiberin trägst doch kaum was. Du bist nur eine Frau und überlässt mir doch die ganzen schweren Dinge", foppe ich.

„Na das fängt ja gut an! Kaum bringen wir ihre Sachen in seine Wohnung wird er zum Macho", lacht Klaus.

„Warte nur ab, bald verfrachtet er Laura in die Küche und schon hat sie nichts mehr zu sagen!", Jenny haut mit in die Kerbe.

„Das hätte er wohl gerne. Ich kann nicht kochen! Da wird er wohl Hungern müssen. Aber zum Glück arbeitet er ja in einem tollen Restaurant und kann uns das Essen immer von dort mitbringen! Und jetzt mal schneller Francis, ich will heute noch fertig werden!", scheucht Laura mich erneut.

Marta lacht: „Wer da wohl das Sagen hat!"

Alle helfen mit beim Umzug, Marta und Klaus, Jenny und Holger. Was würde ich nur ohne die vier machen? Mit so viel Hilfe ist es schnell geschafft. Die meisten Möbel hat Laura nicht mitnehmen können. Ein paar Dinge haben wir im Restaurant untergebracht.

Eine hübsche Kommode steht zur Dekoration dort und ein kleines Sideboard nutz der Chef als Aktenschrank. Meine, nein, nun ja unsere Wohnung, ist einfach zu klein für alle Möbel.

Abends sind wir total erschöpft. Ich bestelle noch eine Pizza für alle und wir stoßen mit einem Glas Sekt an.

„Nun bist auch du unter den Fittichen", Klaus lacht.

Mit funkelnden Augen schaue ich Laura an: „Und das gerne!"

„Dass ich das so schnell von dir höre, dachte ich auch nicht. Hattest du den Frauen nicht abgeschworen?" Klaus kann es nicht lassen mich zu foppen.

Laura sowie Jenny gucken mich an, worauf ich rot anlaufe.

„Aha! Wann das?" Jenny ist neugierig.

„Na wie die Geschichte mit dieser Verrückten war!", fängt Klaus an zu erklären.

Nun wird Laura neugierig: „Welche Verrückte?"

„Egal! Das ist eine lange Geschichte, die hinter mir liegt. Klaus, anderes Thema!" Bestimmt gucke ich ihn an und drücke Laura liebevoll an mich.

An Marie will ich nun wirklich nicht denken müssen. Ich bin überaus glücklich mit Laura und alles ist gut so wie es ist. Ich möchte sie nicht damit behelligen

KAPITEL 15

„Was ist das?" Verschlafen guckt Laura mich an.

„Das Telefon. Du stehst auf. Ich bin noch zu müde", bestimme ich einfach.

„Mich ruft hier noch keiner an, du bist also dran." Laura dreht sich einfach wieder um.

Bis wir uns geeinigt haben hört es wieder auf.

„Na also, geht doch. Manche Sachen erledigen sich von selbst", aber Laura hört mich schon nicht mehr. Sie schläft wieder. Verliebt gucke ich ihr eine Weile beim Schlafen zu, bevor auch mir wieder die Augen zu fallen.

„Aufstehen Schlafmütze!" Lauras entzückende Stimme klingt wie Musik in meinen Ohren.

„Nun musst du aber wirklich raus aus den Federn. Der Kaffee ist fertig. Ich fahre los, drücke mir die Daumen", mit diesen Worten drückt sie mir einen Kuss auf und will gehen.

„Halt! Das schmeckt nach mehr!", stelle ich fest.

„Haha, ne ich muss zum Vorstellungsgespräch. Ich kann dir nicht ewig auf der Tasche liegen.", Laura guckt betreten.

„Das tust du doch nicht. Du hilfst doch im Restaurant und so schlecht zahlt mein Chef gar nicht, oder?"

Da Laura noch keine Arbeit fand, hat mein Chef angeboten, dass Laura ab und an aushilft. Bei Feiern, oder wenn wir viele Reservierungen haben. Sie macht es auch gut, aber es erfüllt sie nicht. Laura ist es gewohnt im Büro zu arbeiten, nicht den haben Tag Teller durch die Gegend zu tragen. Ein paar sind schon zu Bruch gegangen, was mein Chef ziemlich locker nahm.

„Ich brauche sowieso neues Geschirr. Das meiste hat Francis schon zerdeppert.", meinte er, als mal wieder ein Teller vor seine Füße flog und Laura die Scherben mit rotem Kopf aufhob.

Sie hat einfach einen Stein bei ihm im Brett.

„Heute habe ich ein gutes Gefühl mein Herzblatt, es klappt bestimmt", spreche ich ihr Mut zu.

Und genauso kommt es auch. Laura kommt zwei Stunden später freudestrahlend nach Hause: „Sie haben mich eingestellt!", brüllt sie schon von weitem. Gerade stehe ich am Auto und will zum Einkaufen fahren, da springt sie aus ihrem Auto und mir in die Arme.

„Der Vertrag wird mir zugeschickt in den nächsten Tagen. Francis ich bin so glücklich!" Laura strahlt.

Während der ganzen Autofahrt und den kompletten Einkauf erzählt sie mir Haarklein wie alles ablief. Die Augen funkeln. Jede Einzelheit wird erklärt. Bei einigen Sachen verstehe ich nichts. Zu viele Details muss ich gestehen. Ich bin Kellner und verstehe von dem ganzen Bürokram nicht ein Wort.

„Du weißt gerade nicht was ich meine, oder?" Ertappt.

„Nicht so richtig", gebe ich kleinlaut zu.

Und schon erklärt sie mir, was sie meint. Nicht, dass ich das verstehen würde, aber gut, ich lasse sie einfach weiterreden. Laura ist so glücklich und nicht zu stoppen.

„Dein Telefon spinnt", Laura ist entnervt als ich nach der Arbeit spät nach Hause komme.

„Wie das spinnt?", frage ich verwirrt.

„Das klingelt und wenn ich rangehe, hört man niemanden." Laura ist sichtlich genervt.

Mit zuckenden Schultern rufe ich mit dem Handy auf unser Haustelefon an.

„Nimm mal ab", fordere ich sie auf.

„Ok." Laura nimmt den Hörer ab und es funktioniert.

„Geht doch.", stelle ich fest.

„Aber es klingelt alle paar Minuten und keiner ist dran.", mosert sie lautstark.

„Es hat erst vor einer halben Stunde aufgehört." Laura gähnt.

Auch in der Nacht klingelt es einmal, aber wir sind zu müde um aufzustehen. Es hört auch gleich wieder auf.

Leider geht das die nächsten Nächte so weiter, so dass wir das Telefon nachts rausziehen.

„Da will uns wohl einer ärgern", stelle ich erbost fest, als mal wieder um zwei Uhr nachts das Haustelefon bimmelt. Mein Handy habe ich auf stumm, aber das Haustelefon habe ich vergessen rauszuziehen.

Müde kriecht Laura zum Telefon und zieht einfach das Kabel aus der Telefonbuchse.

„Wenn du schon mal wach bist", flötet sie und schon gleiten ihre Hände unter meine Decke. Gefolgt von ihren Armen und Beinen. Sanft streichelt sie mich wach, liebkost meinen Bauch und arbeitet sich langsam höher um mich leidenschaftlich zu küssen. Wie kann man da nein sagen. Schwungvoll drehe ich sie auf den Rücken, grinse und raune ihr ins Ohr: „Was, wenn ich schon einmal wach bin? Das hier?"

Mit meinen Zähnen zupfe ich vorsichtig an ihrem Ohrläppchen. Das macht sie wahnsinnig, das weiß ich genau. Laut stöhnt Laura auf, als meine Finger über ihre Brüste hinabwandern zu ihrer empfindlichsten Stelle. Ganz sanft massiere ich sie, bis sie sich unter mir windet.

Mit einem Ruck zieht sie mich auf sich und wir erleben ein Erdbeben der Gefühle.

„Wenn das so ist, kann das Telefon öfter nachts klingeln", flüstere ich bevor wir beide selig einschlafen und in Traumwelten verschwinden.

Schnell kommt der Alltag in unser Leben, aber wir genießen es. Laura hat einen guten neuen Chef, sogar besser als vorher. Sie verdient gut, die Kollegen sind netter und der Chef behandelt sie ordentlich. Am Wochenende gehen wir häufig mit Jenny, Holger oder auch Marta und Klaus aus. Mein Leben ist einfach perfekt!

„Laura?", ich rufe in die Wohnung, welche im Dunkeln liegt.

Keine Antwort.

Nanu, ist sie noch ausgegangen, an einem Donnerstag? Auf meinem Handy ist keine Nachricht und auch auf dem Tisch liegt ebenfalls kein Zettel. Laura sagt mir sonst immer Bescheid, wenn sie noch einmal weg geht.

Dann mache ich mir halt einen gemütlichen Feierabend auf dem Sofa bis sie kommt. Eine DVD werfe ich ein, schnappe mir eine Packung Chips und schmeiße mich auf unser Sofa. Langsam wird es spät. Der Film ist zu Ende und ich werde müde. An ihr Handy geht sie nicht ran, das ist sogar ausgeschaltet, die Mailbox springt sofort an. Komisch, das ist sonst doch nicht ihre Art. Ich werde unruhig und in meinem Bauch macht sich ein komisches Gefühl breit. Ob das Eiversucht ist? Ne, es sind Sorgen! Ich tigere etwas durch die Wohnung und gucke im fünf Minuten Rhythmus auf die Uhr. „Du bist doch paranoid. Deine Freundin ist nur mal alleine aus und du befürchtest schon das Schlimmste!", denke ich.

Entnervt gehe ich zurück auf das Sofa und schalte den Fernseher ein. Oh super, Comedy läuft gerade, das lenkt ab.

Es lenkt mich allerdings zu gut ab, ich schlafe ein.

Am nächsten Morgen werde ich von Rückenschmerzen geplagt wach. Blinzelnd gucke ich mich um. Die Sonne scheint ins Wohnzimmer.

„Wieso liege ich auf dem Sofa?", dann wird es mir wieder bewusst wieso.

„Laura?", rufe ich durch die ganze Wohnung.

Nichts, keine Antwort. Mein Bauchgefühl wird schlimmer, ich werde richtig nervös!

„Laura!", Versuche ich es lautstark erneut in jedem Zimmer. Nicht das es viele wären, aber ich renne in jedes mindestens zwei Mal und brülle laut hinein.

Nichts, keine Antwort.

Als das Telefon klingelt, erschrecke ich fürchterlich und ich sprinte ran.

„Laura?", nehme ich den Hörer ab.

„Nein. Hier ist Martens. Ist Laura krank?", schallt es vom anderen Ende des Telefons.

Mir stockt der Atem: „Krank, nein, wieso wie spät ist es denn?"

„Neun Uhr dreißig. Und vor dreißig Minuten hatte Laura einen wichtigen Termin.", die Worte von Herrn Martens kommen scharf. Schärfer als ich es von ihm gewohnt bin. Der Termin muss wichtig sein. Den hätte Laura nicht einfach sausen lassen, sie liebt ihren Job.

Im Kopf kann ich keinen klaren Gedanken fassen.

„Ich telefoniere rum Herr Martens, hier ist sie nicht!", schnappe ich panisch nach Luft.

„Wie sie ist nicht da? Ist sie unterwegs? Hat sie verschlafen?", fragt er verwirrt.

„Kapieren sie es nicht? Laura kam heute Nacht nicht nach Hause!", ich brülle in den Hörer. Meine Stimme ist von Panik ergriffen und ich weiß nicht wieso.

„Oh. Sie ist gestern pünktlich hier raus.", seine Stimme wird leise.

„Ich melde mich wieder bei ihnen", verwirrt und aufgelöst lege ich auf.

Erstmal setzen! Der Kopf schwirrt. Was ist hier los, was wird gespielt und was mache ich zu Erst? Mit wem ist sie am besten befreundet? So viele Fragen. Jenny! Schießt es mir durch den Kopf. Im Laufschritt springe ich an mein Handy und wähle Jennys Nummer. Die sind bestimmt versackt, bete ich.

„Hey Francis, sag nicht du bist krank", nörgelt es am anderen Ende.

„Ist Laura bei dir?" Keine Zeit für Höflichkeitsfloskeln.

„Dir auch einen schönen Tag lieber Francis und nein, ist sie nicht. Wieso fragst du?", motzt Jenny mich an.

„Sie ist weder zu Hause, noch auf Arbeit. Ich habe Angst!" Panik ergreift mich.

Jenny bleibt ruhig, im Gegensatz zu mir. Ich bin von Panik beherrscht und weiß nicht warum. Das komische Bauchgefühl verebbt einfach nicht.

„Bleib ruhig, Francis, hat sie vielleicht einen Termin, den sie dir nicht mitgeteilt hat? Arzt oder so?" Jenny sucht nach Antworten.

„Arzt? Ist sie krank? Weißt du was? Jenny sage was!" Hysterisch brülle ich ins Telefon. Hilfreich ist sie nicht gerade. Immer hektischer renne ich durch unsere Wohnung. Mein Hirn sucht nach Antworten oder Hinweisen, wo sie sein könnte. Findet aber nichts.

„Ich rufe jetzt die Polizei an!" Ohne ein „Tschüss" oder eine Antwort abzuwarten, lege ich auf und wähle sofort „110".

Schnell geht auch jemand ran und ich versuche meine Situation zu erklären.

„Wie lange ist ihre Freundin denn schon weg?" Am anderen Ende wird tief durchgeatmet.

Ich hingegen habe Schnappatmung.

„Wie lange? Äh, ich glaube seit gestern Abend. Oder heute früh? Ich weiß es nicht", stottere ich. Ich weiß gar nichts mehr, mein Kopf ist leer.

„Dann warten sie noch, sie taucht sicherlich wieder auf. Wenn sie vierundzwanzig Stunden weg ist, können sie eine Vermisstenanzeige bei der Polizei aufgeben."

„Aber das will ich gerade hiermit tun!", schreie ich ins Telefon.

„Sie haben den Notruf gewählt. Das ist aber eindeutig kein Notfall. Also gehen sie bitte zur nächsten Polizeistation, die werden ihnen helfen. Aber auch erst nach vierundzwanzig Stunden, das kann ich ihnen gleich sagen", mosert er mich an.

Wütend lege ich auf und fluche was das Zeug hält. Zum Glück kann mich niemand hören.

Schon klingelt mein Handy.

„Laura? Wo warst du?", mit zittriger Stimme flehe ich das Telefon an.

„Nein Francis, ich bin es Jenny. Bei Marta ist sie auch nicht. Hat sie irgendwas hinterlassen?" Laura klingt ebenfalls besorgt. Glaubt sie mir endlich?

Lang und breit erkläre ich ihr was geschehen ist.

Aber was ist geschehen?

Ich weiß es ja selber nicht. Nur eins, das weiß ich, das ist nicht Lauras Art. Sie verschwindet nicht einfach ohne was zu sagen. Unsere Beziehung ist glücklich. Wir haben sogar darüber gesprochen irgendwann mal Kinder zu haben.

Ich tigere durch unsere Wohnung und durchsuche ihre Sachen. Es ist noch alles da. Die Zahnbürste steckt in ihrem Becher, die Papiere sind an ihrem Platz und alle Klamotten sind im Schrank. Nichts fehlt was irgendwie wichtig wäre. Weggelaufen ist sie also nicht.

Schnell ziehe ich mich um und renne zur Polizei. Scheiß auf die vierundzwanzig Stunden.

Dort werde ich abgeschmettert. Denen sind die vierundzwanzig Stunden nicht egal. Auch ein Ausraster meinerseits hilft nicht. Erbost schickt mich der Polizist, der mich scheinbar für etwas irre oder eifersüchtig hält, wieder nach Hause.

Arbeiten kann ich so nicht. Jenny springt freiwillig ein, damit ich weitersuchen kann. Jedes Krankenhaus, alle Arztpraxen und sämtliche Freundinnen rufe ich an, oder fahre vorbei.

Nichts.

Abends komme ich völlig erschöpft und ohne jegliche Hinweise zu Hause an.

Bitterlich fange ich an zu weinen. Laura, meine liebe Laura, wo bist du? Hast du mich wirklich verlassen? Das kann nicht sein. Das darf nicht sein. Langsam fange ich an zu zweifeln, doch mein ungutes Bauchgefühl bleibt. Selbst als wir uns am Anfang mal gestritten haben, weil sie dachte, ich habe ihre Sachen durchwühlt, selbst da hat sie nicht überlegt mich zu verlassen. Sie hat mich beschimpft und angeschrien, aber nicht gesagt sie würde mich verlassen. Aber das würde sie doch tun, oder? Sie würde mir doch sagen, wenn was nicht stimmt.

Nach einer sehr unruhigen und kurzen Nacht fahre ich erneut zur Polizei.

Der ältere Herr, der mich diesmal betreut, nimmt geduldig die Vermisstenanzeige auf. Dieser scheint mir eher zu glauben.

„Wann haben sie ihre Freundin das letzte Mal gesehen?", seine Stimme ist monoton.

„Morgens am Frühstückstisch. Wir frühstücken zusammen, dann fährt sie los und ich lege mich noch einmal hin, da ich erst später zur Arbeit muss", erkläre ich mehr oder weniger geduldig.

„Haben sie sich gestritten? War ihre Beziehung glücklich?", fährt er fort.

„War?", schreie ich hysterisch.

„Sie ist glücklich!", spucke ich ihm die Worte entgegen. Das war wohl etwas zu laut. Seine Augenbrauen gehen nach oben.

„Also? Haben sie sich gestritten?", wiederholt er erneut monoton.

Tief durchatmend antworte ich nicht ganz so forsch: „Nein, haben wir nicht. Es ist eine glückliche Beziehung. Wir haben sogar über Kinder gesprochen." Tränen laufen über meine Wange.

„Na, wer wird denn weinen. Die Meisten Menschen tauchen wieder auf. Vielleicht hat ihre

Freundin kalte Füße bekommen. Soll ja manchen Frauen so gehen", lacht er mich an.

Nach Lachen ist mir allerdings nicht zu Mute. Kalte Füße, ha das ich nicht lache. Laura bekommt keine kalten Füße. Oder?

Verwirrt schüttle ich den Kopf. Nein, nicht meine Laura!

Ein langer schlaksiger Polizist guckt mich von oben herab an und setzt sich dazu: „Vielleicht haben sie ja auch kalte Füße bekommen."

Das verstehe ich nicht. Mir fällt auch nicht wirklich was dazu ein.

„Ich bin doch noch hier. Wie soll ich denn kalte Füße bekommen haben?", frage ich ihn verwirrt. So ganz weiß ich nicht, was er von mir will.

„Ja eben, sie sind hier! Ihre Freundin nicht", stellt er fest.

Ich verstehe es allerdings immer noch nicht. Die schlaflose Nacht macht mir zu schaffen.

„Vielleicht wollten sie ja doch keine Kinder, ihre Freundin aber schon. Sie sind doch bestimmt so ein kleiner Gigolo", erzählt er abschätzig.

Gigolo? Nur weil ich Franzose bin? Das hat mir auch noch keiner Vorgeworfen. Klar, ich war kein Kind von Traurigkeit vor Laura. Aber Gigolo! Ne, also das geht zu weit.

„Na hören sie mal", fange ich an, doch er lässt mich nicht ausreden.

„Ne, sie hören mal zu, entweder sie sagen uns wo ihre Freundin ist, oder wir sperren sie mal ein. Dann rücken sie schon damit raus!", herrscht er mich mit einem scharfen Ton an.

Selbst dem älteren Polizisten fällt die Kinnlade runter. Er guckt ihn erstaunt an.

Mir schwirrt der Kopf.

„Ich weiß es ja nicht, deshalb bin ich doch hier!", brülle ich.

„Das sagen sie alle! Sowas habe ich gerne. Erst seine Freundin entsorgen und dann das Unschuldslamm spielen!"

Entsorgen? Mir wird schlecht.

„Was? Was wissen sie? Haben sie Laura gefunden?", mir wird speiübel bei dem Gedanken, dass ihr was passiert ist.

„Ha, nun haben sie sich aber verraten", dreht der schlaksige Polizist mir die Worte im Mund um.

Der Ältere guckt nur zwischen uns hin und her: „Nun beruhigen wir uns alle mal wieder."

„Ich will mich nicht beruhigen! Suchen sie endlich meine Freundin verdammt!", kreische ich die Beiden an.

Leider bringt der Wutausbruch gar nichts. Der Ältere wird ungeduldig und der schlaksige motzt nur noch mehr rum. Ist wohl ein Choleriker. Eine lautstarke Diskussion entfacht unter uns Dreien. Sehr zur Belustigung des restlichen Dezernates. Entnervt und gereizt fahre ich wieder heim. Der Ältere konnte den Schlaksigen nur mühselig davon abhalten mich einzusperren. Mir ist schleierhaft was der von mir will. Ich wäre wohl kaum so blöd und würde Laura als vermisst melden, wenn ich sie, wie sagt er so schön: „Entsorgte".

Ich fluche immer noch als ich zu Hause ankomme. Wie immer, hoffe ich, dass Laura auf dem Sofa sitzt, wenn ich nach Hause komme. Aber, auch heute, liegt die Wohnung im Dunkeln und niemand ist da. Nur der Anrufbeantworter blinkt. Es ist Jennys Chef. Auch er macht sich Sorgen. Verpufft ist die anfängliche Wut wegen dem verpassten Termin. Seufzend schmeiße ich mich auf mein Sofa. Den rufe ich morgen an, denke ich und schalte den Fernseher ein.

***

„Francis? Bitte finde mich. Sie ist gemein zu mir", Laura flüstert.

„Laura? Wie? Was? Wieso?"?", ich blinzle verwirrt.

„Na endlich! Ich habe dich so vermisst!", Laura nimmt mich in ihre Arme.

„Ich muss träumen!", ich bin verwirrt. Das kann nicht real sein!

„Ja mein kleiner Francis, du träumst, aber wir sind wirklich hier!", versucht sie zu erklären.

„Weißt du noch was ich dir mal von Anna und John erzählt habe? Dass die sich im Traum an einem Ort getroffen haben?", versucht Laura weiter zu erklären.

Ich bin allerdings mehr als verwirrt und ziehe die Augenbrauen nach oben. Ich werde verrückt, so muss es sein. Ich werde total verrückt!

„Egal. Schlafe einfach, Francis und lasse dich fallen, wenn ich an deinem Band ziehe", fährt sie fort, bevor sie geht. Ihre Geduld scheint am Ende zu sein. Genau wie meine Nerven.

***

Ein Klingeln holt mich aus meinem Traum. Was? Wo? Wer? Ich blicke mich um. Zu Hause. Super, aber alleine. Warum? Laura war doch gerade noch da. Aber wo ist da? Und was meint sie mit: Finde mich.

Erneut klingelt es. Ja, ja, ich komme ja schon. Völlig zerzaust und immer noch verwirrt öffne ich die Tür. Marta und Klaus stehen davor und wollen nach mir gucken.

„Immer noch nichts Neues?" Marta fiel immer schon mit der Tür ins Haus. Kein „Hallo, wie geht es?" oder „Kann ich reinkommen?"

Nein, sie tritt sofort in die Wohnung und legt los. Das mag ich an ihr. Sie sagt was und wann sie es denkt. Fest werde ich von beiden an sich gedrückt.

Lange reden wir. Nur von meinem Traum mag ich irgendwie nicht erzählen. Die halten mich doch für verrückt. Ich muss mir erst einmal klar werden was es damit auf sich hat. Selbst ich halte mich für verrückt.

Lang und breit erkläre ich den Beiden was sich bei der Polizei abspielte. Marta muss an Anna, eine alte Freundin von Laura, einen Bericht abgeben. Auch sie meint, dass Laura nicht der Typ von Frau ist, welche das Weite sucht. Ich notiere Annas Telefonnummer, falls die Polizei noch mehr Leute befragen möchte zu Laura Angewohnheiten oder Lebenswandel. Denn auch in ihrer alten Heimat tauchte sie nicht wieder auf.

Das war die zweite Vermutung des älteren Polizisten, der Schlaksige hat mich weiterhin in Verdacht. Was ich ihm getan habe, weiß ich nicht. Aber er mag mich nicht, soviel ist sicher. Da macht er keinen Hehl draus.

Es ziehen ein paar Tage ins Land. Wir drucken Zettel mit Suchanzeigen und fahren an alle Plätze, die Laura gerne mag, in der Hoffnung, dass wir irgendwo Hinweise finden. Doch Fehlanzeige. Nirgends hat man sie gesehen.

Nach ein paar Tagen muss auch ich wieder zur Arbeit. Jenny kann nicht auf Dauer meinen Job machen. Bei der Sache bin ich allerdings nicht. Der Traum geht mir nicht aus dem Kopf. Zudem habe ich immer wieder das Gefühl, an mir zieht etwas. Ein unsichtbares Band zerrt an mir. So langsam befürchte ich, ich werde wirklich verrückt. Eine innere Stimme möchte mich nachts irgendwo hinbringen, doch ich schlafe kaum noch. Entweder ich bin im Polizeirevier zum Verhör, ich arbeite oder suche nach Laura.

Zeit zum Schlafen ist da nicht. Riesige Augenringe zieren mein Gesicht und ich sehe blass aus. Einige Gäste fragen mich schon, ob ich krank bin.

Krank? Nur vor Sorge.

„So geht es nicht weiter!", Jenny motzt mich an.

„Du gehst jetzt nach Hause und schläfst dich mal aus. Das ist ja Geschäftsschädigend, so wie du aussiehst! Die Gäste denken ja du hast etwas ansteckendes!" Ein Donnerwetter ergießt sich über mich.

Und sie hat Recht. Ich fühle mich miserabel und genauso sehe ich auch aus.

„Nimm endlich mal was, dass du schlafen kannst. So hilfst du Laura auch nicht", meint Jenny sanfter.

Kleinlaut gebe ich ihr Recht, nehme die Tablette aus ihrer Hand, die sie mir hinhält und fahre nach Hause.

Meine Wohnung liegt wie jeden Tag im Dunkeln.

Keine Laura, die auf dem Sofa auf mich wartet.

Seufzend werfe ich mir die Tablette von Jenny in den Mund und würge sie wiederwillig mit etwas Wasser herunter. Auch wenn ich finde, dass schlafen Zeitverschwendung ist, ich muss schlafen.

Mir gehen langsam die Ideen aus, wo ich Laura noch suchen kann. Niemand hat sie gesehen. Auch die Polizei ist ratlos. Außer der Schlaksige, der verdächtigt immer noch mich.

***

„Francis, endlich! Warum kommst du erst jetzt? Ich habe schon so oft nach dir gerufen", ihre Stimmer ist leise.

„Laura! Endlich. Wo sind wir? Was ist hier los?" Verwirrt schaue ich mich um.

Wir sitzen am selben Platz wie letztes Mal.

„Nicht so laut. Ich weiß nicht ob man uns hören kann", bittet Laura schon fast flehend.

„Hören?" Nun bin ich ganz verwirrt.

„Was ist hier los, Laura. Wo sind wir?"

„An unserem Platz, Francis. An unserem Platz. Wir haben aber nicht viel Zeit. Du musst mich suchen. Bitte." Laura fleht mich an. Eine Träne rinnt über ihre Wange. Laura sieht traurig und ausgemergelt aus. Ihre Augenringe sehen schlimmer aus, wie meine.

Sanft streichle ich über ihre Wange.

„Was ist mit dir passiert? Was ist hier los?", frage ich Laura, denn ich verstehe es nicht.

Sie versucht es mir zu erklären: „Ich weiß nicht wer sie ist, aber sie hält mich gefangen. Bitte Francis, finde mich. Diese Frau ist gemein und sagt böse Dinge über dich und uns."

„Etwas genauer wäre super", witzle ich.

Doch schon steht Laura auf und geht.

169

„So war das nicht gemeint, Laura, bitte bleib",
setze ich schnell hinzu.

„Ich muss los. Finde mich! Und Francis.
Schlafe! Sonst funktioniert das nicht" Lauras
letzte Worte höre ich nur noch von weiten.

***

Sonnenstrahlen kitzeln meine Nase. Ich blinzle.
Ihre Worte hallen in meinem Kopf immer und
immer wieder: „Finde mich! Und Francis.
Schlafe!"

Was soll das bedeuten? Werde ich nun
endgültig verrückt?

Erstmal einen Kaffee! Ich brauche dringend
einen großen Kaffee um klar zu werden. Oder
besser Espresso. Ganz viel Espresso!

KAPITEL 16

Es ist noch zu früh, um auf die Arbeit zu fahren, aber zu Hause kann ich nicht bleiben. Dort fällt mir die Decke auf den Kopf. Jeder Raum, jede Tasse, jedes Bild erinnert mich an Laura. Mir gehen ihre Worte nicht aus dem Kopf. Klar, es war nur ein Traum, aber der kommt mir mehr als realistisch vor. Ich könnte schwören ich konnte sie berühren, riechen und schmecken. Die Luft schmeckte nach ihr! Laut schreie ich im Auto los. Brülle meine ganze Wut und Hilflosigkeit heraus. Zum Glück kann mich niemand hören. Die würden mich doch sofort einweisen.

Ohne Ziel fahre ich mit lauter Musik durch die Gegend. Wie soll das weitergehen? Ich schlafe oder esse kaum noch. Zu viele Sorgen und Gedanken wandern in meinem Kopf rum.

Nun biege ich doch ab zur Arbeit, fest entschlossen mich erstmal am Strand nieder zu setzen und nachzudenken.

Am Steuer eines Autos den Gedanken nachhängen ist eine doofe Idee. Die Reaktionsfähigkeit ist nicht gerade schnell, muss ich feststellen, nachdem ich fast meinem Vordermann drauf gefahren wäre. Gerade noch rechtzeitig trete ich mit voller Wucht auf die Bremse und kam nur um Haaresbreite noch rechtzeitig zum Stehen. Glück gehabt. Das fehlt mir gerade noch.

So lange ich am Strand nicht schwimmen gehe, sollte ich da jawohl sicher sein.

Etwas entnervt stelle ich mein Auto ab, überlege kurz meine Sachen im Restaurant abzulegen und entscheide mich dagegen. Jenny würde mich löchern. Das halte ich im Moment nicht aus. Das muss bis nachher warten. Vielleicht habe ich bis dahin ja meine Gedanken sortiert. Seufzend gehe ich los, Richtung Strand. Der Wind pustet mir durchs Haar, das tut gut. Die frische Seeluft ist herrlich.

Meine Sachen werfe ich in den Sand und lasse mich gleich daneben lang hinfallen. Die Wolken ziehen an mir vorbei, während ich meinen Gedanken hinterher hänge.

Wer ist die unbekannte Frau, die Laura festhält. Und wo hält sie sie gefangen? So viele Fragen, die ich nicht beantworten kann und mit denen ich wohl kaum zur Polizei gehen kann. Der schlaksige Polizist würde mich sofort einsperren. Für ihn bin ich der Täter. Er denkt ich habe Laura umgebracht und irgendwo vergraben.

***

„Francis, hilf mir. Wie siehst du aus? Du musst essen!“, meckert Laura mich an.

Hallo, was meckert die mich eigentlich an. Ich esse und schlafe nicht wegen ihr! Und sie mault mich an, ich glaube es geht los!

„Dito meine Liebe, dito“, kontere ich.

Mit vorwurfvollem Blick guckt Laura mich an: „Witzig, Francis, witzig. Ich würde ja gerne essen, aber ich bekomme nur unregelmäßig etwas und dann meistens nur trockenes Brot. Wenn ich ganz viel Glück habe, ist es fast frisch und noch nicht geschimmelt.“

Ich atme tief ein und nehme sie vorsichtig in den Arm.

„Was passiert hier Laura? Erkläre es mir“, bitte ich.

„Weißt du noch, was ich dir von Anna und John erzählt habe? Du wolltest mir nicht glauben. Nun weißt du, dass es geht. Man kann sich im Traum treffen, wenn man es nur von ganzem Herzen will“, erklärt sie mir.

„Du musst dich ja nicht gleich entführen lassen, nur um es mir zu beweisen“, witzle ich. Kläglicher Versuch die Stimmung aufzulockern.

„Aber du musst schlafen Francis, sonst geht es nicht“, Laura kuschelt sich an mich.

Sie sieht fürchterlich aus. Die Wangen sind eingefallen und sie ist blass. Sehr blass. Ein paar blaue Flecken entdecke ich, wie ihr T-Shirt hochrutscht.

Ich ziehe scharf Luft durch die Zähne.

„Sie ist nicht zimperlich mit mir. also beeile dich bitte", erklärt Laura mit Nachdruck und rückt ihr T-Shirt gerade.

„Ich versuche es." Meine Stimme bricht und ich flüstere nur noch.

***

Weit entfernt höre ich meinen Namen. Was? Wo? Wer? Ich bin verwirrt schlage blinzelnd die Augen auf.

Jenny steht vor meinen Füßen und schaut mich wütend an.

„Bist du wahnsinnig? Kannst du dir vorstellen, was wir uns für Sorgen gemacht haben? Stehe sofort auf du Nichtsnutz und komme zur Arbeit! Wir dachten, du wärest nun auch verschwunden!" Jenny schreit so laut, man hört sie bestimmt über den ganzen Strand.

Immer noch verwirrt gucke ich zu ihr hoch.

„Was? Sag was zu deiner Verteidigung!", Schnauzt sie weiter.

„Ich traf mich mit Laura", versuche ich zu erklären.

„Laura? Wo? Wann? Wie?", Jennys Stimme wird wieder leiser und sie setzt sich zu mir in den Sand.

Sie scheint verwirrt, was ich durchaus verstehe.

„Versprich bitte, mir bis zum End zuzuhören und Jenny, lass mich aussprechen", fange ich an.

„Kannst du dich noch an Lauras Freundin Anna erinnern? Und John? Das war ihre Jugendliebe und wie soll ich es sagen? Sie haben sich getroffen. Aber nicht einfach so, sondern im Traum", erzähle ich.

Es klingt komisch, das ist mir bewusst, aber es ist doch die Wahrheit.

Jennys Augenbrauen gehen nach oben: „Du hast wohl zu viel Sonne abbekommen. Oder hast du etwa getrunken?"

„Wusste ich doch, dass du mir nicht glaubst", knirsche ich mit den Zähnen und springe wutentbrannt auf.

„Warte Francis, du musst gestehen, es klingt absurd."

Tief einatmend nicke ich ihr zu du lasse mich wieder in den Sand fallen.

„Wo hast du Laura getroffen? Hat sie was gesagt? Wo ist sie?" Laura bohrt schlimmer als die Polizei.

„Wenn ich wüsste wo sie ist, wäre ich schon da und hätte sie da rausgeholt. Jenny, sie sieht fürchterlich aus!" Mein Ton wechselt vom Sarkasmus zum Jammern.

Tief einatmend reiße ich mich zusammen: „Sie weiß selber nicht wo sie ist. Es ist dunkel und kalt dort. Eventuell ein Keller oder so. Hören kann Laura nicht wirklich was."

„Und Jenny", fahre ich nach einer kurzen Pause fort,

„es ist garantiert Marie, die sie entführt hat. Die ist zu allem fähig!"

„Marie? Aber sitzt die nicht im Gefängnis oder in der Klinik? ", kreischt sie los. „Ich meine, sie hat versucht dich umzubringen!"

„Ich bin genauso verdutzt, wie du. Aber irgendwie ist sie draußen. Man hat mich allerdings nicht informiert. Ich ging auch davon aus, dass sie nicht so schnell wieder herauskommt! Laura hat mir erzählt, die Frau, welche sie entführt hat, erzählt gemeine Dinge über mich und auch sie. Es muss Marie sein!", motze ich. „Wer wäre sonst zu so etwas fähig."

Danach herrscht Stille. In unseren Gedanken versunken sitzen wir nur noch so da und starren aufs Wasser. Das Meeresrauschen beruhigt mich. Ein paar Möwen kreischen, die Wolken ziehen an uns vorbei und es ist alles so friedlich hier. Nur ein paar Minuten vergesse ich, dass Marie sie gefangen hält und das sie leiden muss, während ich hier die Ruhe genieße. Nur ein kurzer Moment voller Friedlichkeit meinerseits, der mich sofort ein schlechtes Gewissen bekommen lässt.

„Was tun wir? Wie können wir was anfangen mit diesen Informationen? Ich meine zur Polizei gehen und denen das erklären ist eher schwierig, oder?", Jenny guckt mich hilfesuchend an.

„Die Polizei hat mich immer noch unter Verdacht. Die denken tatsächlich, dass ich sie irgendwo verscharrt habe. Zu denen brauche ich nicht zu gehen", verdrehe ich die Augen.

„Nicht dein Ernst! Immer noch?", Jenny ist entsetzt.

Noch eine ganze Weile debattieren wir und versuchen einen Schlachtplan auszuarbeiten, um Laura zu befreien. Bis Jennys Handy klingelt und ihr wütender Vater dran ist. Wir müssen ins Restaurant. Beide Kellner sitzen gerade am Meer und klügeln einen Plan aus. Keine gute Idee bei einem vollen Haus, findet er!

Und er hat Recht.

Ansonsten ist er wirklich sehr geduldig mit mir und meiner Lage. Ich kann mich kaum konzentrieren und vertausche eher mal Bestellungen oder vergesse irgendwelche Sonderwünsche. Er hat es wirklich nicht einfach mit mir und meinen Frauengeschichten.

KAPITEL 17

***

„Laura! Endlich! Ich befürchtete schon, dass du nicht wegkommst!", drücke ich sie ganz vorsichtig an mich.

Trotzdem zuckt sie, wie immer, zusammen.

„Francis", drückt sie mir einen Kuss auf den Mund.

Ihre Lippen sind trocken, aufgerissen und schmutzig. Genau wie der Rest des Gesichts. Die Haare sind inzwischen verfilzt und ungepflegt. Das Bild erschreckt mich immer wieder. Fast jede Nacht treffe ich mich nun mit Laura und wir versuchen herauszufinden, wo Marie sie gefangen hält. Leider kommen wir nicht richtig weiter. Zu wenige Informationen bekommt Laura aus ihr heraus.

Nur, dass es dort sehr dunkel und kalt ist. Außerdem stinkt es nach Schimmel und ein Regal steht an einer Wand. Eins aus Metall, wo man Sachen drin stapeln kann.

Das ärgert und frustriert mich, aber wenigstens kann ich Laura sehen. Auch wenn es nur im Traum ist.

Eng kuschelt sich ihr zarter, ausgemergelter Körper an mich. Ihre hübschen Augen haben aufgehört zu leuchten.

„Gib nicht auf Laura, wir finden dich!", verspreche ich ihr und versuche vorsichtig ihre Haare etwas auseinander zu pulen.

–Vergebens-

Wut steigt in mir auf. Wen ich Marie in die Finger bekomme, weiß ich nicht was ich mit ihr mache! Dann verschwindet sie von der Bildfläche und da hat die Polizei Recht, wenn sie vermutet ich hätte sie verscharrt!

Ich wohne auf einem Dorf mit vielen Orten, die ans Nirgendwo erinnern, die findet dann niemand!

„Ich muss los. Marie kommt zwar nachts nicht oft herein, aber ab und an schon. Nicht, dass sie noch was merkt!", erklärt Laura, gibt mir noch einen vorsichtigen Kuss und verschwindet.

***

Viele Informationen, beziehungsweise gar keine, habe ich dieses Mal bekommen. Zu sehr waren wir damit beschäftigt uns einfach in den Armen zu liegen. Ich könnte jedes Mal weinen, wenn ich Laura so sehe, aber ich muss stark sein. Wenn einer einen Grund hat Tränen zu vergießen, dann sie! Laura ist tapfer. Aber wie lange noch.

Vor der Arbeit treffe ich mich regelmäßig mit Jenny. Wir haben eine Karte von der Umgebung und streichen die Orte weg, wo Laura nicht sein kann. Sie versucht Marie auszuhorchen zwischen den Anfällen, in denen sie von ihr Misshandelt wird.

„Was wissen wir?", erneut wiederholen wir die Hinweise, die uns Laura bisher geben konnte.

„Keller, keine Fenster, kalt, feucht, kaum Geräusche von außen hörbar, Treppe aus knarrendem Holz weiter oben und ihre Treppe ist aus Metall.", lese ich vor.

„Außerdem steht ein Metallregal an der Wand und es stinkt verschimmelt in ihrem Raum, in dem es zudem noch sehr kalt ist. Angestrengt starren wir auf die Karte und suchen Häuser, auf die die Beschreibung passen könnte.

Das Gebäude selber kann Laura nicht beschreiben, bei ihrer Ankunft war sie bewusstlos.

Ein paar rote Kreuze sind auf unserer Karte, dies sind die Orte, wo sie nicht sein kann. Andere Gebäude haben wir umkreist, da könnte Marie sie gefangen halten, wir haben diese aber noch nicht überprüfen können.

Innerlich ärgere ich mich. Die Polizei sucht nicht richtig, die verdächtigen ja mich. Und wir kommen nicht weiter, sind schließlich keine Detektive! Wieso kann es nicht so sein, wie in den Filmen immer!

Seufzend lasse ich den Kopf in meine Hände fallen. So langsam verlässt mich der Mut. Laura wird seit einer Ewigkeit vermisst.

Doch aufgeben geht nicht, wer weiß was dann mit ihr passiert. Mit neuem Kaffee bewaffnet kommt Jenny in den Raum und wir studieren erneut die Karten.

Um was für Gebäude könnten es sich handeln? Wir vermuten eine stillgelegte Fabrik, wo soll man sonst ungesehen und ungehört eine Geisel festhalten.

Eigentlich wollen wir noch zwei Gebäude untersuchen, die in Frage kommen, wir müssen allerdings früher im Restaurant anfangen. Daher entscheide ich mich gegen den Rat von Jenny, nach der Arbeit alleine auf die Pirsch zu gehen.

Ich weiß, nicht sehr schlau, falls ich Marie treffen sollte, aber mir ist es inzwischen egal. Ich will nur noch eins: Laura finden und da rausholen, wo immer sie auch ist. Daher lasse ich alle Vorsichtsmaßnahmen außen vor und fahre los. Zumindest denke ich noch so weit, dass ich das

Auto vor dem Gelände abstelle um keinen Krach zu machen. Die Autotür schließe ich ganz leise und gucke mich fragend um. Ist das Abgelegen hier. Was pflegt Laura zu solchen Gegenden zu sagen: „Hier kann man Leichen über den Zaun hängen, das merkt keiner!"

Ich schmunzle. Gute Idee, ich weiß auch welche Leiche! So weit ist es schon gekommen. Ich bin eigentlich ein friedlicher Mensch und habe mich noch nie im Leben geprügelt oder jemanden geschlagen. Aus Raufereien hielt ich mich immer lieber raus. Das ist mir immer zu wider gewesen. Allerdings bringt Marie meine ganz dunkle Seite zum Vorschein. Aber bin ich dazu wirklich in der Lage? Wenn es hart auf hart kommt, kann ich das dann wirklich tun? Kann ich einen Menschen töten?

Nun aber Gedanken sammeln und konzentrieren! Ganz leise schleiche ich im Schatten der Hauswand entlang. Bloß kein Geräusch machen. Nichts deutet daraufhin, dass hier jemand ist. Es ist alles dunkel. Nirgends ein kleines Licht. Andererseits hat Laura nicht einmal eine Kerze im Raum. Keine Taschenlampe, nichts was Licht macht. Woher soll der Lichtschein dann auch kommen! Ich ärgere mich. Was erwarte ich? Ein Plakat mit der Info: Hier musst du suchen Francis, hier verstecke ich sie! Oder einen roten Leuchtpfeil? Seufzend schleiche ich weiter, als ich ein knacken hinter mir wahrnehme.

Mist!

Der Schreck fährt mir durch Mark und Bein. Was wenn das Marie ist? Erschreckt bleibe ich stehen und blinzle in die Dunkelheit.

Zu sehen ist Nichts! Es ist stockdunkel.

Verdammt!

In den Filmen haben die Leute immer so tolle Nachtsehgeräte. Doch diese haben wir vergeblich gesucht. Wir sind in einen dieser Militärläden, da wir hofften, da bekommt man sowas.

Fehlanzeige!

Der Verkäufer hatte wenigstens seinen Spaß, denn der lachte uns lauthals aus. Und alle die am Tresen standen ebenfalls.

So ein Ding kann ich jetzt allerdings gut gebrauchen, denn ich sehe kaum die Hand vor Augen. Plötzlich streift mich etwas am Bein, was mich erschreckt aufschreien lässt. Das Kreischen bleibt nicht ohne Folgen, neben mir springt eine Katze aufgeregt hoch, faucht und kratzt mich. Scheppernd falle ich mit ein paar Blechen, die gegen eine Wand lehnen, zu Boden.

Super Francis, wenn Marie hier ist, dann hat sie dich spätestens jetzt gehört. Als Detektiv tauchst du wirklich so gar nicht! Möglichst leise versuche ich mich wieder aufzurappeln. Leise ist dabei relativ, da ich leider inmitten der ganzen Bleche liege. Aua, das gibt morgen blaue Flecken. Ich wäge meine Chancen ab, Laura hier zu finden und horche in die Nacht. Höre ich was? Versucht sie auf sich aufmerksam zu machen oder höre ich gar irgendwo Marie oder Lauras Stimme? Hört man überhaupt irgendwas hier im Nirgendwo?

-Nein-

Verdammt! Nichts, nicht einmal ein kleiner Hinweis!

Trotzdem schleiche ich weiter und begebe mich ins Gebäude.

Wenn Jenny das wüsste, würde sie mich ausmeckern.

Inständig bete ich, dass sie es nicht rausfindet. Das wird ein Donnerwetter geben.

Die Tür ist offen, klemmt allerdings etwas. Mit einem Knarren geht sie auf. Klasse, das zum Thema leise. Mit einem Auto in das Gebäude fahren, hätte weniger Geräusche gemacht.

Dahinter kommt ein großer, dunkler Raum zum Vorschein. Wie gruselig. Ich erschaudere.

„Wie im Horrorfilm", denke ich und mich schüttelt es erneut.

Mit einem Knarren fällt die Tür hinter mir laut ins Schloss. Na hoffentlich bekomme ich die später wieder auf! Hier findet mich in den nächsten Jahren keiner! Dann wären schon zwei Menschen verschollen. Der schlaksige Polizist würden sicher denken, ich wäre abgehauen. Die Augen gewöhnen sich nur langsam an die Dunkelheit, aber ich erkenne zumindest schemenhaft ein paar Dinge. Der Raum ist groß und fast vollkommen leer. Es war mal eine Lagerhalle, man erkennt noch ein paar Hochregale an einer Wand. Ob Laura solche Regale meinte? Ich durchforste die halbe Nacht das Gebäude, ohne Erfolg. Keine Laura. Diese Lagerhalle ist völlig unbenutzt und leer. Außer die Ratten, welche zwischendurch aufgescheucht hin und herrennen. Mich ekelt es. Mit Wucht schlage ich die Tür nach außen auf. Glück gehabt, sie lässt sich öffnen.

Zu Hause angekommen, landet auch auf diesem Gebäude ein rotes Kreuz auf unserer Karte. Auch hier ist Laura nicht versteckt.

Ob ich sie jemals wiederfinde?

Weinend schlafe ich auf dem Sofa ein. Neben mir liegt die Karte mit den Gebäuden, wo wir sie vermuten.

„Laura, bitte sag mir wo du steckst!", Sind meine letzten Gedanken bevor ich in einen tiefen, erschöpften Schlaf falle.

***

„Francis, bist du da?" Lauras Stimme ist nur noch ein flüstern.

„Ja!" Ganz vorsichtig drücke ich sie an mich. Immer darauf bedacht, sie nicht zu stark zu berühren, damit ich ihr keine Schmerzen zufüge. Marie misshandelt sie immer mehr. Meine Augen wollen sich mit Tränen füllen, aber ich unterdrücke dies. Ich muss stark bleiben. Für sie. Ich fühle mich hilflos.

Wir sitzen nur so da. Ganz still und leise und ich streichle ihr Haar, welches total zerzaust ist. Vorsichtig versuche ich, wie fast jedes Mal, ein paar Strähnen auseinander zu fummeln, vergebens.

„Hast du noch ein paar Anhaltspunkte? Ich war vorhin in einem Lagerhaus, da warst du auch nicht. Laura, ich brauche Hilfe", bricht meine Stimme.

„Ich kann dir auch nicht mehr sagen. Marie kommt immer seltener zu mir. Das ist noch schlimmer, als wie sie dauernd da war. Ich bin ihr inzwischen egal und fürchte, sie lässt mich da in

187

der Fabrik einfach sterben." Ein paar Tränen rinnen an Lauras Wange runter.

„Es riecht nach Kartoffeln und Schimmel, Francis. Gibt es denn keine stillgelegte Kartoffelfabrik hier?", Fragend schaut Laura mich an.

„Doch bestätige ich, aber die ist in Nutzung, die kann es nicht sein", nehme ich ihr die Hoffnung.

Eng aneinander gekuschelt sitzen wir noch eine Zeit lang nur so da. Zum Abschied gibt es noch einen kleinen, vorsichtigen Kuss auf die Wange, dann ist Laura wieder weg. Sie muss zurück in eine Hölle voller Leid und Pein, die Marie geschaffen und ich nicht verhindern konnte.

***

Am nächsten Morgen kommt Jenny, wie fast jeden Morgen, mit Frühstück und einer Menge Kaffee im Gepäck, zu mir. Wir reden und durchforsten die Karten und unsere Notizen auf Hinweise.

„Wann waren wir in diesem Gebäude?" Verwirrt guckt Jenny mich an.

Nun bin ich dran, sie wird mich in der Luft zerreißen.

„Francis, ich habe dich was gefragt. Antworte mir bitte. Ich kann mich nicht daran erinnern", wird ihre Stimme bestimmter. Die Polizisten waren nur halb so durchdringend bei ihrem Verhör. Vielleicht sollten sie sich Laura mal ausleihen.

-Schweigen-

Nun prasst ein Donnerwetter auf mich ein. Wie viele Schimpfwörter sie kennt! Mein Wortschatz ist gewaltig gestiegen in den zehn Minuten in denen sie auf mich ein redet. Wobei reden kann man es nicht nennen, schreien trifft es wohl eher.

„Sag was, Francis, sag dass ich unrecht habe", brüllt sie nur noch halblaut.

„Das kann ich nicht, du hast ja Recht. Aber wir müssen sie finden Jenny. Marie lässt sie da verrotten. Wir müssen uns wirklich beeilen", ist alles was ich zu meiner Verteidigung herausbekomme. Dann verfalle ich erneut in ein Gemisch aus Weinen und Zetern.

Seufzend nimmt Jenny mich in den Arm.

„Es hilft uns aber nicht, wenn sie dich auch noch in die Finger bekommt und euch beide da verrotten lässt. Also bitte Francis, etwas vorsichtiger und keine Alleingänge." Tief schaut sie mir dabei in die Augen.

Schniefend nicke ich: „Laura meinte letzte Nacht, dass es nach Kartoffeln riecht."

„Das ist doch mal ein Anhaltspunkt!", Jenny haut auf den Tisch.

Bis zum Nachmittag fahren wir erneut durch die Gegend und durchforsten die alten und stillgelegten Fabriken, die was mit Kartoffeln zu tun hatten.

Doch nichts. Nicht einmal ein kleiner Anhaltpunkt.

Abends müssen wir wieder beide an die Arbeit, doch meine Gedanken sind nicht wirklich beisammen. Immer wieder verwechsle ich die Bestellungen oder lasse sogar was fallen. Mein Chef nimmt es inzwischen nicht mehr so ganz gelassen. Was ich durchaus verstehen kann. Zu oft bringe ich Essen wieder zurück in die Küche, weil ich etwas falsch aufgeschrieben habe und der Kunde sich beschwert. Das wird langsam teuer und schadet dem Image.

Marie macht mir mein Leben kaputt. Und genau das ist es, was sie auch will. Mein Leben zerstören, da sie daran nicht teilhaben darf! Ich verstehe nur nicht, wie sie die Ärzte so täuschen kann. Die müssen doch merken wie sie wirklich ist. Die haben das studiert verdammt. Wut steigt in mir auf.

Sogar verhört haben die sie nochmal, weil ich den Verdacht äußerte, Marie könnte in der Entführung verstrickt sein. Und was machen die? Lassen sie nach einer kurzen Befragung wieder gehen. Der schlaksige meinte zu mir, ich würde nur von mir ablenken und mich an Marie rächen wollen. Meine Wut wird immer stärker, bis Jenny mich aus meinen Gedanken holt.

„Nur noch zwei Tische, dann ist Feierabend. Los, lasse uns die noch fertig machen, danach suchen wir weiter.", klopft sie mir aufmunternd auf die Schulter.

Ohne Jenny wäre ich aufgeschmissen Sie ist mein Fels in der Brandung.

Anna ruft zwar regelmäßig bei mir an und fragt nach, ob es schon etwas Neues gibt, kann aber nicht helfen bei der Entfernung. Marta und Klaus haben am Anfang geholfen, aber die Beiden haben genug mit sich selber zu tun. Zudem darf Marta sich nicht aufregen, die ist inzwischen schwanger.

Jenny gibt mir Halt, wenn ich mal wieder wanke. Ohne sie hätte ich schon was ganz Dummes getan. Schon mehrfach stellte ich mir in Gedanken vor, was ich Marie alles antun möchte und werde, sobald ich sie erwische. Jenny holte mich dann immer wieder auf den Boden der Tatsachen, auch wenn mir lieber wäre, ich dürfte das alles mit Marie machen, was sich mein Kopf so ausgedacht hat. Meiner Fantasie habe ich keine Grenze gesetzt. Jenny hingegen schon.

KAPITEL 18

Einige Tage ziehen ins Land ohne weitere Geschehnisse. Immer das Gleiche. Arbeiten, schlafen, träumen, raten, suchen und zu guter Letzt verzweifeln.

Wir kommen einfach nicht weiter. Ein paar leere Fabrikgebäude durchsuchten wir noch, allerdings ohne Erfolg. Nirgends ist eine Spur von Laura. Nicht einmal ein kleiner Hinweis, der uns zeigt, wo sie steckt. Nur durch meine Träume weiß ich, dass sie noch lebt.

„Es ist doch zum Haare raufen!", brülle ich laut los.

Jenny lässt fast ihre Cola fallen.

„Himmel Francis, erschrecke mich doch nicht so!" Sie sammelt unter fluchen die Scherben ein.

„Ist doch wahr. Jenny, was ist, wenn wir sie nie finden", schluchze ich verzweifelt.

„Wir finden sie, versprochen. Lasse den Kopf nicht hängen. So viele Gebäude sind schon durchsucht, in einem der Anderen muss sie ja sein", enthusiastisch zeigt sie auf unsere Karte, die inzwischen viele rote Kreuze aufweist.

Mein Mut sinkt allerdings bei jedem Gebäude, in dem Laura nicht ist, mehr.

Ihrer hingegen, steigt.

Da ich heute frei habe, Jenny allerdings arbeiten muss, bleibe ich alleine in meiner viel zu leeren Wohnung. Ich musste Jenny versprechen, mich nicht alleine auf die Suche zu machen.

Ich denke, mein Chef wird mich nicht mehr lange beschäftigen, viel zu oft zerdeppere ich Geschirr oder bringe Bestellungen durcheinander. Nur meine langjährige Beschäftigung bei ihm, hat eine bisherige Kündigung verhindert.

Ich bin nicht mehr ich selbst. Meine Haare sind fast so zerzaust wie die von Laura, die Wangen eingefallen und ich sehe ungepflegt aus. Selbst an meinem Trinkgeld merke ich es.

Wenn Jenny mich nicht regelmäßig maßregeln würde, ich solle duschen und essen, würde ich selbst dieses wohl nicht tun. Ich habe mich aufgegeben. Nur für Laura versuche ich noch durchzuhalten. Doch wie lange hält sie selber noch durch?

In Gedanken versunken setze ich mich ins Auto, drehe die Musik laut auf und fahre durch die Gegend. Mal wieder deutlich zu schnell rase ich über die Landstraßen und Alleen. Keine gute Idee, wenn die Augen voller Tränen sind. Nur knapp bekomme ich die Bremse getreten, als plötzlich vor mir ein Auto, aus einer dunklen Seitenstraße auf die Fahrbahn einbiegt. Hier ist siebzig und ich rase mit Hundertzwanzig die doch sehr dunkle und kurvige Straße entlang.

Erschreckt über meine eigene Dummheit bleibe ich am Straßenrand stehen.

Man Francis, wenn dir jetzt was passiert, was wird dann aus Laura! Ermahne ich mich selber.

Mit dem Kopf auf dem Lenkrad versuche ich wieder meine Gedanken zu sortieren und zu Atem zu kommen. Wo zum Teufel bin ich hier eigentlich? Plötzlich erwacht mein Gehirn aus seinem Tiefschlaf. Wer war das gerade? Das Auto selber kenne ich nicht, aber die Fahrerin kommt mir bekannt vor! Ein komischer Gedanke keimt in mir auf. War es Marie, die mir gerade vor mein Auto fuhr? Was macht sie hier, so weit draußen. Hoffnung steigt in mir auf. Ich trete das Gaspedal durch und schmeiße das Lenkrad rum. Mit quietschenden Reifen rase ich in die Einfahrt, aus der der Wagen gerade kam. Es ist eine dunkle und recht schmale Straße. Keine Ahnung wo ich hier bin, aber ich versuche es trotzdem. Beim langsamen Weiterfahren überkommt mich eine feine Gänsehaut.

Es ist eine Sackgasse, plötzlich endet sie Straße und ich stehe fast im Wald. Was nun?

Mein Kopf sagt: „Polizei oder Jenny anrufen. Sei vernünftig Francis, es könnte gefährlich sein."

Mein Herz allerdings: „Beeilung, hier könnte irgendwo Laura versteckt sein!"

Da ich eher ein Herzmensch bin und selten auf meinen Kopf höre, parke ich das Auto, steige aus und gehe los Richtung Wald. Immerhin habe ich mein Handy, welches über eine Taschenlampe verfügt. Ohne diese wäre ich hier aufgeschmissen. Der Wald ist ziemlich dicht und selbst der Weg, welcher hier wohl langführen soll, ist zugewachsen. Die Hosen reiße ich mir mehrfach an Dornen auf, es müssen Brombeerbüsche sein die sich immer mehr, erst in meine Hose, dann in meine Beine bohren. Da hilft auch meine Taschenlampen App nicht. Die kann die Büsche schließlich nicht zerschneiden, mir nur zeigen, was sich in mein Fleisch bohrt.

Plötzlich sehe ich es. Ein kleines Gebäude erscheint im Lichtkegel meines Handys. Keine Fabrik, nur ein kleines Haus, welches fast zugewachsen ist. Meine Gänsehaut, welche mich seit Anfang an begleitet, wächst.

Die Eingangstür ist zu, das Haus sieht unbewohnt aus. Einige Fenster sind kaputt. Sicherlich von Jugendlichen eingeworfen, wobei ich mich frage, welcher Jugendliche sich hierher verirrt. Hier ist weit und breit nichts, außer Bäume, Sträucher und sicherlich einiges an Tieren. Ein kalter Schauer läuft mir den Rücken runter. Die Tür geht nicht auf. Sie ist abgeschlossen. Wieso schließt man hier ein unbewohntes Haus ab? Mitten im Nirgendwo. Hoffnung keimt in mir auf. Leise schleiche ich um das dunkle Haus herum und suche nach einer Hintertür. In den Filmen haben solche Häuser immer eine Hintertür, welche auf ist!

Also bitte, lass es einmal so sein wie im Film!

Und siehe da, die Hintertür ist zu und abgeschlossen, aber morsch.

„Danke!", flüstere ich in Richtung Himmel, als ich sie mit einem Ruck aufstoße.

Das Haus ist definitiv nicht bewohnt. Ich stehe in einem Raum, welcher wohl mal die Küche war. Die Schränke kann man erkennen, einige Türen hängen halb heraus und kaputtes Geschirr liegt auf dem Boden. Man gut, dass ich Schuhe anhabe. Barfuß wäre hier keine gute Idee. Überall liegen Scherben von kaputten Fenstern und Geschirr. Genau kann ich es nicht erkennen. Man hört nur das Knirschen unter meinen Schuhen.

Von der Küche kommt man in einen großen und geräumigen Flur. Das Haus war sicher mal unheimlich schön. Gardinen, die noch an den kaputten Fenstern hängen, flattern durch den Wind hin und her. Es ähnelt Gespenstern, welche mich warnen wollen, aber ich höre nicht. Mein Gefühl sagt mir, hier bin ich richtig. Noch nie war ich mir so sicher. Laura muss hier irgendwo sein. Es ist keine Fabrik, aber was soll Marie sonst hier machen. In diesem abgelegen Haus. Weit weg von ihrem Haus und der Stadt.

Leise durchsuche ich weiterhin das Haus, steige die morsche, alte Holztreppe empor und durchsuche jeden einzelnen Raum. Die alten Stufen ächzen unter mir und scheinen mich gerade noch zu tragen. Hoffentlich hält die Treppe mein Gewicht. Der Handlauf kracht mit einem lauten Geräusch aus seiner Verankerung, als ich mich daran festhalte. Das macht die Treppe selber nicht gerade Vertrauenswürdiger. Doch ich habe nur noch einen Gedanken: „Laura, ich muss sie finden. Sie muss hier irgendwo sein."

Inzwischen durchsuche ich alle Räume, doch nirgends ist auch nur ein kleiner Hinweis darauf, dass sie hier ist oder war. Entkräftet und verbittert gehe ich die alte und ziemlich morsche Treppe hinunter. Irrte ich mich so? Will mein Herz nur, dass sie hier ist? Dieses Gefühl hatte ich die ganze Zeit noch nicht. Ich bin mir so sicher, dass sie hier irgendwo steckt. Ich kann mich nicht irren. Und doch, ich finde sie nicht. Laut schreie ich meine ganze Wut und Enttäuschung heraus, während die Tränen wie ein Rinnsal die Wangen hinunterlaufen.

„Warum? Was habe ich getan, dass ich so bestraft werde! Laura, wo bist du?" Brülle ich noch lauter.

Ein Holzstück, welches neben mir auf der Stufe liegt, schmeiße ich wütend quer durch den Raum. Krachend landet es in einem Schrank, welcher wohl mal die Garderobe war.

Noch etwas ist zu hören. Ist es wieder eine Katze? Ich höre ein leises winseln, irgendwo unter mir.

Meine Nackenhaare stellen sich auf und die Hoffnung keimt erneut in mir auf.

Ich versuche die Treppe abzuleuchten. Nirgends ist etwas zu sehen, aber ich bin mir sicher, das Geräusch war unter mir. Wie paralysiert suche ich den Fußboden unter der Treppe ab.

-Nichts.-

„Verdammt!", brülle ich unter Tränen los.

Ich bin doch nicht blöd, da winselt doch was. Ich höre genauer hin und verfluche die ganzen Geräusche, die von den kaputten Fenstern eindringen. Die Geräusche aus dem Wald scheinen mich behindern zu wollen. Es ist ganz deutlich zu hören, irgendwas oder irgendwer weint ganz leise vor sich hin.

Das Herz pocht bis zum Hals, in den Ohren rauscht das Blut.

Die Treppe ableuchtend suche ich nach einem Eingang oder Klappe. Es muss ein Untergeschoß oder Keller geben.

-Nichts-

In der Küche werde ich endlich fündig. Eine kleine Klappe im Boden kann man anheben. Durch die ganzen Scherben achte ich nicht darauf. Vorsichtig schiebe ich die Überreste der Tassen, Teller und Gläser runter. Natürlich schneidet sich eine kleine Glasscherbe in meine Hand und das Blut tropft auf den dreckigen Boden. Mein Gehirn registriert es kaum, es hat nur noch einen Gedanken: Laura! Sie muss hier sein. Ich fühle es.

Knarrend geht die Lucke hoch. Ein fauliger Geruch von kalter Erde lässt Übelkeit in mir aufsteigen. Einerseits hoffe ich Laura da unten zu finden, doch anderseits bin ich mir nicht sicher, ob ich möchte, dass sie dort gefangen gehalten ist. Es ist stockdunkel da unten. Eine Eisentreppe erscheint in dem Lichtkegel des

Handys. Eine, wie Laura sie beschrieb. Langsam setze ich einen Fuß auf die Treppe, sie wackelt, hält aber scheinbar meinem Bestreben sie zu erklimmen, stand. Bückend steige ich die Treppe hinab, der Eingang ist sehr klein und ich reiße mir ein Stück meiner Hose an einem rostigen Nagel raus. Die kann ich danach wohl wegschmeißen, erst die Brombeerbüsche und nun der Nagel, welcher rausguckt. Na bravo.

Das Winseln ist nun deutlich zu hören, doch nichts ist zu sehen. Himmel noch eins, ich höre es doch. Der Keller ist nicht sehr groß. An der Wand stehen Regale. Welche, wie sie früher mal in Fabriken gestanden haben. Solche wie Lauras sie beschrieb. Noch mehr Hoffnung keimt in mir auf. Aber wo steckt sie?

„Laura?", ich flüstere nur.

-Nichts- nicht einmal mehr ein Winseln ist zu hören.

„Laura, bitte antworte mir", nun winsle ich.

-Nichts-

Irrte ich mich? Noch in Gedanken versunken stellen sich meine Nackenhaare auf. Irgendwo muss hier was sein, mein Gefühl kann mich nicht so im Stich lassen. Langsam durchsuche ich den ganzen Raum leuchte in jede Ecke und rüttle an jedem Regal. Mit einem lauten Scheppern fällt mir

eins von den großen Regalen vor die Füße. Nur knapp kann ich verhindern davon begraben zu werden. Was ich dahinter sehe lässt mein Herz stocken. Noch ein kleiner Eingang. Was ist das hier? Mein Licht wackelt. Oh nein Akku, jetzt nicht schlapp machen! Nicht jetzt! Hier unten ist es stockdunkel! Nicht ausgehen! Nicht jetzt! Das Winseln ist nun ganz deutlich zu hören. Es ist definitiv keine Katze! Oh nein, es ist ein Mensch und zwar Laura. Es muss einfach so sein. Alle Vorsicht bei Seite schiebend gehe ich los und drängle mich durch den Eingang. Was meine Augen erblicken, lässt mir das Blut in den Adern einfrieren. Laura, angekettet mit Handschellen an die Wand. Den Mund zugeklebt mit grauem Klebeband. Die Augen weit aufgerissen bekommt sie scheinbar nur schwer Luft. Es dauert einen Augenblick, bis ich mich wieder bewegen kann.

„Laura!", entfährt es mir, ich laufe auf sie zu und reiße ihr das Faserklebeband vom Mund. Sie ringt nach Luft.

„Francis, du hast mich gefunden", Tränen laufen über ihre völlig verdreckten Wangen. Immer wieder holt sie tief Luft.

Völlig entsetzt starre ich sie an. Nur halb bekleidet sitzt sie hier in der Kälte, angekettet wie ein wilder Hund an einer Wand. Gelber Schnodder ist unter ihrer Nase getrocknet und sie hustet. Kein Wunder bei der Eiseskälte hier unten! Wut steigt in mir auf und ich packe ihr erst einmal meine Jacke über. Das ist unmenschlich, so hält man nicht einmal ein Tier!

Mein Licht wackelt erneut. Nein Akku, jetzt auch noch nicht! Warte noch bis wir heile im Auto sind.

Wie zum Teufel soll ich die Handschellen von der Kette bekommen? Oder die Kette aus der Wand. Diese rascheln nur, als ich kräftig dran rüttle. Es klingt gespenstisch.

Laura verzieht schmerzerfüllt das Gesicht. An den Handgelenken blitzen Blutergüsse und Schürfwunden von den Handschellen hervor. Es muss also anders gehen.

„Ich suche was, womit wir versuchen können die Kette aus der Verankerung zu hebeln", erkläre ich leise und gebe ihr einen vorsichtigen Kuss auf ihre verkrustete Wange.

„Sei vorsichtig, ich weiß nicht wann Marie wiederkommt", versucht Laura zu erklären, bevor sie von einem Hustenanfall durchgeschüttelt wird und nach Luft ringt.

Mit ein paar Geräten, welche ich noch nie gesehen habe, komme ich wieder und versuche die Kette aus der Wand zu ziehen. Doch sie rührt sich nicht.

„Verdammt nochmal!", fluche ich laut.

„Francis!", kreischt Laura unter Husten.

Doch noch bevor ich mich umdrehe um zu gucken, was sie möchte, höre ich die Stimme, die ich nie vergesse. Marie! Der Klang lässt mir die Adern gefrieren und meine Nackenhaare stehen senkrecht empor. Dieses eine Mal nicht vor Kälte!

„Francis, endlich bist du hier", flötet sie.

Entsetzt drehe ich mich um und gucke in den Lauf einer Waffe.

„Na klasse", schießt es mir durch den Kopf. „Nun sind wir beide gefangen und niemand weiß, wo du bist. Super gemacht Francis!"

„Lass die blöde Kuh da liegen, sie steht uns nicht mehr lange im Weg. Ich habe unser Haus eingerichtet", säuselt Marie mich an.

Ist das ihr Ernst? Die ist ja noch verrückter als angenommen.

Kalter Schweiß läuft mir an der Stirn herunter.

„Das musst du mir zeigen, Marie", versuche ich verführerisch zu sein und gehe einen Schritt auf sie zu. Es hört sich allerdings nicht sehr überzeugend an, das merke selber.

„Bleib genau dastehen, wo du bist." Marie ist wohl auch nicht überzeugt.

Ich versuche es trotzdem erneut und spreche mit Engelszungen auf sie ein, während ich langsam näher ran gehe, um an die Waffe zu kommen. In den blöden Filmen klappt das doch auch immer. Meistens zumindest.

„Bleib stehen, Francis! Denkst du ich weiß nicht was du vorhast! Du willst die blöde Kuh da befreien!", brüllt Marie mich an und zielt auf Laura.

„Doch sie kriegt dich nicht. Wenn ich dich nicht bekomme, dann keine! Das habe ich dir schon einmal gesagt. Weißt du noch?" Der Lauf der Waffe wackelt verdächtig.

Entsetzt schalte ich was Marie meint. Sie will Laura wirklich töten! Mir wird schlecht.

„Dann lass sie hier Marie und zeige mir unser Haus. versuche ich verzweifelt erneut sie zu manipulieren, halte die Luft an und gehe Richtung Marie. Den Blick fest auf ihre Augen gerichtet.

Nimm es mir ab, Marie, bitte! Bete ich.

Marie lächelt kalt und erwidert meinen Blick.

Doch ihr lächeln erreicht ihre Augen nicht. Es ist ein aufgesetztes Lächeln.

„Du meinst, du möchtest mit mir zusammen sein, nicht mit dieser Schlampe? Dein ganzes Leben lang nur mit mir alleine? Bis dass der Tod uns scheidet?", lächelt sie weiter.

Mir wird speiübel bei dem Gedanken, aber ich muss versuchen das Spiel mitzuspielen.

„Ja Marie, das möchte ich. Sie war nur ein Zeitvertreib für mich. Ich war nur verwirrt von dem Unfall. Mein Kopf hat wohl doch was abbekommen.", säusle ich weiter und arbeite mich Millimeter um Millimeter zu Marie vor.

Laura hustet und das hört sich nicht gut an. Zwischendurch klappern ihre Zähne. Sie muss dringend hier raus, sonst braucht es keine Waffe um sie umzubringen.

Marie schreit mich allerdings an: „Willst du mich verarschen? Du versuchst doch nur ihr Leben zu retten. Vorher hattest du schließlich diese andere Kuh, diese Rothaarige gevögelt. Du bist wie alle Männer, Francis! Sobald sich die Gelegenheit bietet, lauft ihr jedem Rock hinterher und besteigt diesen! Aber nicht mit mir mein Freund, nicht mit mir!" Ihre Augen blitzen böse.

Mist, sie glaubt mir nicht, nun wird es ernst. Min Gehirn sucht nach Lösungen, findet aber nichts. Ob ich an das Regal rankomme um es umzuschmeißen? Man, in den Serien klappt sowas auch. Da fallen plötzlich Kronleuchter von der Decke oder Regale fallen um! Wieso hier nicht! Verdammt nochmal.

Plötzlich knallt es und Marie sackt vor mir zu Boden, bedeckt von dem Regal neben ihr. Ich verstehe die Welt nicht mehr.

Verwirrt gucke ich auf den reglosen Körper, welcher zu meinen Füßen und unter dem Regal liegt. Was war das? Habe ich übersinnliche Kräfte? Ich gucke zu viele Filme.

„Francis, du kleiner Vollidiot!", ein Schwall an Schimpfwörtern prasselt auf mich ein! Ich stehe immer noch bewegungslos da und starre auf Marie, die am Boden liegt.

„Hallo! Jemand zu Hause!", schreit mich jemand an und schüttelt an meinen Schultern.

„Geht es ihm gut?", Laura weint unter Husten.

„Ich glaube schon. Wo zum Teufel sind die Schlüssel für die Handschellen? Francis, nun hilf mal suchen!", mault die Stimme.

Langsam wache ich aus meiner Trance auf. Jenny! Es ist Jenny!

„Woher zum Teufel wusstest du wo ich bin?" Verwirrt schaue ich wie sie Marie durchsucht. Kapieren tue ich es noch nicht wirklich.

„Können wir das vielleicht später klären! Hilf mir die Taschen zu durchforsten und suche etwas, womit wir sie fesseln können, bevor diese Verrückte wieder wach wird!"", schnauft Jenny.

„Das ist also diese Verrückte. Dass die wirklich so verrückt ist, hättest du mir sagen können", stellt Laura sauer fest.

Etwas Humor ist noch vorhanden.

Tatsächlich ist der Schlüssel in Maries Hosentasche. Wir befreien Laura und schleppen Marie an ihre Stelle. Mein Akku hat inzwischen den Geist aufgegeben, doch Jenny hat zum Glück eine Taschenlampe dabei. Sehr mitdenkend. Wie auch immer sie uns hier fand, ich bin ihr unendlich dankbar. Vorsichtig trage ich Laura die Treppe hinauf, durch den Keller in die Küche, zurück in die Freiheit. Ein Hustenanfall nach dem anderen durchschüttelt sie. Ihre Nase ist total zu, lange hätte sie nicht mehr überlebt in dem kalten Keller. Ihr Kopf liegt in meiner Kule am Hals während ich sie ganz fest an mich ziehe. Tränen laufen über meine Wange.

„Endlich habe ich dich gefunden, endlich. Was hat sie dir nur angetan", flüstere ich weinend in Lauras zerzaustes Haar.

Ganz langsam setze ich sie ins Auto, decke sie mit allem zu, was ich nur finden kann und gebe ich einen vorsichtigen Kuss auf die Stirn.

„Jenny, passt du kurz auf? Ich habe noch was zu erledigen", brumme ich.

Entsetzt guckt Laura mich an, genau wie Jenny, welche mich am Arm packt.

„Mach keinen Blödsinn Francis, Laura braucht dich jetzt mehr denn je", warnt sie mich eindringlich.

Endlich bin ich aus meiner Schockstarre aufgewacht und möchte nur eins: Rache und danach hier weg.

Mit der Taschenlampe bewaffnet gehe ich zurück ins Haus, durch die scherbenbedeckte Küche runter in den Keller. Unten ist Marie inzwischen wieder wach geworden und grinst mich breit an, als sie mich entdeckt.

„Was willst du nun tun? Ich habe deine Liebe zerstört. Sie wird dich nie wieder so sehen wie vorher! Dachtest du wirklich ich habe das Haus hier für uns hergerichtet? Denkst du wirklich ich bin so doof, dass ich meine, du würdest mit mir hier leben?" Maries Stimme ist eisig.

Wut steigt in mir auf und ich muss mich sehr zusammenreißen, ihr nichts anzutun.

Sie fährt unbeirrt fort: „Gequält habe ich sie Francis, gequält und wehgetan. Was willst du dagegen tun? Hä? Los sag was. Tu was, sei ein

Mann. Einmal in deinem Leben sei ein Mann!",
schreit Marie inzwischen hysterisch.

Die ist wirklich verrückt.

„Du bist es nicht wert, dass ich mir meine
Hände dreckig mache. Du bist mir nicht einmal
den Dreck unter meinen Fingernägeln wert! Du
hast verloren Marie! Ich habe Laura wieder und
wir werden glücklich miteinander weiterleben. In
einem hast du recht, sie wird mich nie wieder so
sehen wie vorher. Im Gegenteil, sie wird mich
mehr lieben, als vorher, genau wie ich sie. Denn
wenn ich eins gelernt habe in dieser Zeit ohne sie,
dass ich nicht mehr ohne sie sein will!", spucke
ich ihr die Worte entgegen und gehe.

Ich muss mich zusammenreißen, damit ich ihr
nicht doch was antue. Aber Jenny hat recht, Laura
braucht mich!

Ein hysterisches Schreien ist zu hören, als ich
das Haus verlasse. Gepaart mit genauso
hysterischem Lachen.

Marie schreit und tobt. Was sie schreit höre ich
nicht. Ich sehe nur zu, dass ich da wieder
rauskomme. Weit entfernt hört man schon
Polizeisirenen, Jenny hat diese wohl inzwischen
informiert.

Beide Frauen gucken mich mit großen Augen
an, als ich auf unser Auto zugehe. Laura hat das

Auto wieder verlassen und stützt sich zitternd auf Jenny. Diesen Anblick werde ich so schnell nicht vergessen. Die Augen füllen sich mit Tränen.

„Keine Angst ihr beiden, ich habe ihr nichts getan!", erkläre ich und umarme Laura.

Zwei Polizeiautos rasen die Einfahrt hoch, gefolgt von dem Krankenwagen für Laura.

Polizisten in Schutzwesten springen bewaffnet aus den Autos und rennen auf uns zu. Es sieht aus wie bei Alarm für Cobra 11, denke ich und grinse.

„Na die Waffen hätten die sich auch sparen können. Die da unten kann ihnen nichts mehr entgegensetzen. Sie ist nämlich angekettet", zeige ich abfällig Richtung Haus.

Der dicke Polizist schaut zwischen mir und Laura hin und her, klopft mir auf die Schulter und wackelt mit seinen Kollegen ab ins Haus. Es ist der gleiche gewesen, bei dem ich damals die Vermisstenanzeige aufgab. Nur der Schlaksige fehlt. Den knöpfe ich mir auch noch vor.

Mit Laura fahre ich im Krankenwagen zusammen ins Krankenhaus. So schnell werde ich sie nicht mehr aus den Augen lassen. Jenny muss der Polizei noch einiges erklären und steht auf dem Revier Rede und Antwort. Mit mir haben sie erst einmal Erbarmen. Ich darf ein paar Tage später zur Aussage vorbeikommen. Ob die wohl ein schlechtes Gewissen haben, da sie mich dauernd verdächtigten? Soll denen ganz recht geschehen.

Nur sehr ungern verlasse ich das Krankenhaus, aber die Arbeit ruft lautstark. Jetzt wo Laura wieder in Sicherheit ist, habe ich einiges wieder gut zu machen bei meinem Chef. Er war sehr geduldig mit mir.

„Francis? Wo steckst du denn?", schallt Lauras Stimme durchs Haus. Es ist nun schon ein paar Monate her, dass Marie Laura gefangen hielt und es hat sich inzwischen einiges bei uns getan. Wir renovieren unser eigenes Haus in der Nähe des Restaurants. Mein Boss ist nicht mehr mein Chef, denn der hat sich zur Ruhe gesetzt und mich als Geschäftsführer eingesetzt. Er meinte, ich hätte es verdient und so müsste ich das Geschirr, welches ich zerdeppere, neu besorgen. Jenny hat seinen Posten übernommen, ist aber wieder in der Weltgeschichte unterwegs.

„Nun kann ich euch ja alleine lassen und die Männerwelt da draußen wieder durcheinanderbringen", meinte sie und verschwand ins Ausland.

Mit dem Schrank von Mann namens Holger hielt es leider nicht. Schade, ich fand die passten gut zusammen.

Damit ich Laura nicht aus den Augen lassen muss, arbeitet sie inzwischen ebenfalls im Restaurant. Ihren Job im Büro hätte sie zwar wiederbekommen, aber da die dachten, sie wäre einfach gegangen, hatten sie eine andere eingestellt.

Laura wickelt die männlichen Kunden geschickt um die Finger und bekommt sehr gutes Trinkgeld. Mit einem Lächeln beobachte ich manchmal, wie die Herren ihr hinterhergucken und drücke sie dann schnell an mich. Sie meint ich stecke damit mein Revier ab, was ich natürlich abstreite. Sowas habe ich als gutaussehender Macho ja mal gar nicht nötig, verteidige ich mich regelmäßig. Aber ich fürchte Laura hat Recht. Nie wieder lasse ich sie gehen und es gibt immer noch einen Stich in die Magengrube, wenn ich an die Zeit denke, als Marie sie gefangen hielt.

Marie sitzt in der Psychiatrie und dieses Mal kommt sie da auch nicht mehr raus. Ihr alter Arzt, den sie mit Sex dazu bewogen hat, sie als geheilt zu entlassen, ist gekündigt und ebenfalls angeklagt worden. Er schrieb uns noch einen langen Brief und versuchte zu erklären, wie es dazu gekommen ist. Wir haben ihn allerdings nicht gelesen. Dieses Kapitel wollen wir endgültig hinter uns lassen.

Bei der Verhandlung müssen wir aussagen, verlassen danach allerdings sofort den Saal. Ihr Anblick und die wüsten Beschimpfungen, welche sie während unserer Aussagen loslässt, reichten uns. Das Marie uns erneut droht uns zu zerstören und sogar umzubringen, reicht aus, um sie

Lebenslang in die geschlossene Abteilung zu bringen. Das war nicht sehr clever von ihr.

Bei Lauras Geschichte laufen mir die Tränen über die Wange. Marie ist ein Monster! Was sie ihr alles angetan hat, ist kaum zu glauben oder in Worte zu fassen. Laura hingegen sitzt mit durchgestrecktem Rücken auf ihrem Stuhl und lässt sich nichts anmerken, wie sehr sie gelitten hat. Diese Genugtuung will sie Marie nicht geben. Was eine starke Frau! Sie überrascht mich immer wieder und ich liebe sie unbeschreiblich.

MARIE

„Wer ist diese dürre Blondine, welche Francis schöne Augen macht? Wieder eine, die ihn nur ins Bett haben will", fluche ich. Wieso sind Männer so? Weshalb springen die jedem Rock hinterher? Es ärgert mich, dass er so ungeniert mit ihr rumflirtet. Er gehört mir. Nur mir! Wut steigt in mir auf. Sie ist nicht gut genug für Francis. Er gehört mir, mir alleine. Auch er wird das noch einsehen. Die Kuh wird ihn nur verletzen. Ich muss was dagegen tun, bevor es zu spät ist. Ein genialer Plan reift heran.

Lange stehe ich vor dem Restaurant in dem er arbeitet und beobachte ihn. Da guckt ihm schon wieder so eine Schlampe hinterher. Die knöpfe ich mir auch noch vor. Wenn sie denkt, sie kann ihm den Kopf verdrehen, hat sie sich geschnitten. Aber erst einmal ist diese Blondine dran. Wie oft habe ich mitansehen müssen, wie sie sich küssen. Wie abartig. Bah. Das wird sie mir büßen. Das darf nur ich. Irgendwann kommt er zurück zu mir, ich weiß es genau. Wenn die Blonde aus dem Weg ist, wird er erwachen und wieder mir gehören. Mir ganz alleine.

Der Spiegel den ich denen vom Auto abtrat, ist nur ein kleiner Vorgeschmack. Ich ertrug es nicht, wie sie sich im Auto liebten. Die Scheiben schon total beschlagen von der Abscheulichkeit, welche sie da vollführten. Bah! Es ekelt mich an.

Ich bin ja ein ganz friedlicher Mensch, aber das ging über meine Geduld. Lieber wäre mein Fuß in ihrem Gesicht gelandet, aber das lag ja unter Francis.

Widerlich.

Bei dem Gedanken überkommt mich die Übelkeit. Die nächtlichen Anrufe, die ich tätigte, verschreckte sie nicht, also muss ich sie wohl anders loswerden.

Dafür wird sie büßen! Oh ja. Das Haus habe ich mir schon ausgeguckt. Schön alleine gelegen im Wald, gehört es der Familie des Arztes, welcher mich behandelt. Noch so ein einfältiger Mann, den man als Frau ganz leicht manipulieren kann. Ein paar Mal mit ihm geschlafen und andere Dinge erledigt und siehe da, ich bin geheilt. Dabei bin ich eh nie krank oder verrückt gewesen. Was der sich einbildete. Nur weil ich einmal die Geduld verlor und einen kleinen Unfall verursachte, meinen die, ich bin krank und muss weggesperrt werden. Wer hier wohl krank ist! Ich nicht.

Mit etwas Geduld bekomme ich die blonde Schlampe schon. Sie verdreht Francis nicht mehr lange den Kopf. Nein, der gehört bald wieder mir. Nur noch mir! Es ist alles bis auf das kleinste Detail geplant. In lauter Vorfreude bohre ich die Löcher in die Wände, haue die Harken mit den Ketten rein und grinse. Da kommt sie nicht raus. Nie wieder. Handschellen habe ich auch schon.

Breit grinsend gehe ich die Treppe wieder hoch. Fertig, endlich ist es fertig. Hier findet sie niemand, so weit weg von der Zivilisation. Auch mein Arzt kommt hier nicht mehr her. Ihm erzählte ich, dass ich alleine sein möchte. Und mir klar werden möchte, wie ich weiter mache und mich lieber weit entfernt halte von Francis.

„Weil er mir doch so weh tat", habe ich ihm vorgeheult. Der ist so blind. Merkte es nicht einmal, dass ich ihm was vorgespielt habe. So ein einfältiger Mann. Was tut der nicht alles für ein bisschen Sex. Klar, zu Hause, bei seiner Frau bekommt er keinen mehr. Da muss er sich anderweitig austoben.

Von draußen begutachte ich das Haus. Eigentlich könnte es ganz schick sein. Man kann hier bestimmt ganz gut leben. Vielleicht ziehen Francis und ich hier ja ein, sobald die blonde Kuh aus dem Weg ist. Dann richten wir uns hier ein schönes Heim ein. Weg von den äußerlichen Einflüssen, die ihn immer im Kopf rum spucken. Seine Freunde, sein Chef, die Arbeit, alles beeinflusst ihn. Überall lauert die Versuchung. Und er ist nicht fähig ihnen zu wiederstehen, wie die meisten Männer. Sieht man ja an meinem Arzt.

Sie denken doch nur mit ihrem Schoß! Kaum wackelt ein Frauenhintern vorbei, hört das Gehirn auf zu denken und der Schoß übernimmt. Alle gleich!

Fest entschlossen fahre ich mit meinem kleinen neuen Auto vom Haus weg. Mein altes konnte man nach dem Unfall nicht mehr gebrauchen. Außerdem kennt Francis es ja und würde misstrauisch werden, sobald er das öfter in der Nähe seiner Wohnung sieht. Da darf ich ja eigentlich nicht hin. Fernhalten soll ich mich von ihm. Dabei braucht er mich doch. Wer soll ihn denn vor all den bösen Frauen beschützen! Die wollen ihn doch alle nur ins Bett bekommen. Genau wie diese Langbeinige auf der Arbeit. Die Tochter von seinem Chef, glaube ich. Schlecht ist mir geworden, als ich gesehen habe, was sie mit Francis auf dem Kinderspielteppich gemacht hat. Wut und Ekel steigt in mir auf. Laut fluche ich vor mich hin. Das darf nur ich mit ihm machen.

Dafür beschmierte ich das Restaurant. Da hat sie selber schuld. Finger weg von meinem Francis. Bald Francis, bald bist du befreit von diesen dauernden Versuchungen! Dann gehörst du nur noch mir!

Heute ist es soweit, wenn er zur Arbeit fährt, hole ich sie mir. Mein Plan ist lückenlos genial.

„Bitte, was habe ich ihnen denn getan?", Fragend schaut mich diese blonde Kuh an.

„Getan? Du hast mir meinen geliebten Francis weggenommen!", Schreie ich sie an.

So langsam raubt mir diese dumme Kuh den letzten Nerv. Wieso hält sie nicht einfach den Mund. Diese dauernden Fragen und das wehleidige Getue.

„Wir lieben uns.", lügt sie mich an. Das bringt nun aber das Fass zum überlaufen.

„Liebe? Du weißt doch gar nicht was das ist!", schreie ich ihr die Worte ins Gesicht.

„Er liebt nur mich!" Mit diesen Worten hat sie eine sitzen. Meine Hand landet genau in ihrem Gesicht, welches mit Wucht zur anderen Seite fliegt. Das geschieht ihr Recht. Die hat sie wohl nicht alle. Liebe, Pah, sie weiß doch nicht einmal was das ist!

Wütend funkelt sie mich an. Dieses Funkeln wird ihr noch vergehen. Ich werde dafür sorgen, dass es ihr vergeht!

„Er wird mich finden. Und das wird er ihnen nie verzeihen, wenn sie mir wehtun!", fängt die schon wieder an zu lügen. Nun reißt mir aber gleich mein Geduldsfaden!

„Halt den Mund!", brülle ich und schlage erneut zu. Völlig in Rage landen meine Hände in ihrem Gesicht, im Bauch und alles was ich erreiche, bis sie endlich den Mund hält.

„Das hast du nun davon. Francis gehört mir. Du warst nur ein kleiner Zeitvertreib, weil er verwirrt war. Ja genau, das warst du!", spucke ich sie an.

„Wie lange willst du mich hier noch gefangen halten? Irgendwann wird mich hier jemand finden.", reckt sie ihr Kinn nach oben.

Hat die immer noch nicht genug?

„Dich finden? Hier? Niemals! Die Fabrik ist unbenutzt und es kommt hier niemand mehr her!", lüge ich sie an.

Mit geschwellter Brust gehe ich nach oben. Der habe ich es gegeben.

Nun muss ich aber erst schnell duschen und zu meinem Termin bei meinem Arzt. Es widert mich an, aber ich muss ihm ja glaubhaft versichern, dass ich meine Tabletten nehme und mich hier nur rumtreibe, weil ich die Ruhe genieße. Einfallspinsel der. Laut lache ich los.

Schnell nochmal bei Francis im Restaurant vorbeifahren. Nur vorbeifahren und einen schnellen Blick erhaschen. Doch was sehe ich da? Er spricht mit der anderen Langbeinigen. Aufgeregt gestikulieren die Beiden. Was soll das? Kaum ist eine aus dem Weg, schon schmeißt er sich einer anderen an den Hals.

Was machen die Beiden da? Was liegt da ausgebreitet? Eine Karte? Laut unterhalten sie sich. Schon wieder diese Langbeinige! Sie streiten sich lauthals. Trotzdem kann ich nicht alles verstehen. Wild gestikuliert Francis Richtung Karte. Er stützt seinen Kopf in seine Hände und weint. Am liebsten möchte ich rein und ihn trösten. Er sucht also immer noch nach ihr. Ich werde nur noch wütender!

Reiß dich zusammen Marie! Ermahne ich mich. Es wird Zeit, dass ich die Blonde ganz aus dem Weg räume und ich Francis in die Finger bekomme. Dann können wir glücklich werden. Ja, ganz bestimmt, dann können wir glücklich werden. Nur mit mir darf er glücklich werden. Ihn bekommt keine andere mehr. Ich oder keine!

Das hoffe ich wenigstens. Er wird ja wohl nicht an ihr hängen. Oder soll ich auch ihn beseitigen? Schließlich hat er gegen mich ausgesagt und damit dafür gesorgt, dass ich in der Psychiatrie lande. Noch mehr Wut keimt in mir auf. Ich muss mich abreagieren, dringend. Ob ich nochmal zu der Blonden gehen soll um mi ihr zu spielen? Ein Blick auf die Uhr verrät mir, dass ich dafür eigentlich keine Zeit mehr habe. Schade. Ich muss zum Doc, um ihm zu erklären und zu zeigen, wie gute Fortschritte ich mache.

Dieser Arzt ist so ein Einfallspinsel. Denkt der wirklich ich würde ihn mögen? Bah. Ich tue das nur für Francis.

„Du bist die Nächste! Du Rothaarige Schlampe." Wütend renne ich zum Auto und rase zum Haus. Außer mir vor Wut schmeiße ich das Geschirr aus dem Schrank und schreie meine ganze Wut heraus. Mit lautem Getöse zerbricht es auf dem Fußboden. Berauscht durch das Adrenalin verteile ich die Scherben auf dem Boden. Hier kommt die blonde Kuh nicht lang. Falls sie versucht zu flüchten, denke ich. Die Treppe steige ich hinab, da sitzt sie und versucht zu verbergen, dass sie versucht die Ketten los zu bekommen. Was denkt die? Dass ich blöd bin?

Pah, meint wohl sie ist was Besseres. Diese blonde Kuh!

„Was willst du von mir! Sag es doch endlich!", Brüllt die mich an.

„Was glaubst du eigentlich wer du bist?", Spucke ich sie an und trete ihr auf den Fuß. Schmerzerfüllt zuckt die zusammen. Das geschieht ihr recht. Die Schuhe habe ich ihr schon weggenommen. Nicht dass sie noch auf die Idee kommt zu fliehen. Und nun, da die Scherben oben in der Küche verteilt sind, kommt sie nirgends mehr lang. Hasserfüllt gucke ich sie an: „Denkst du etwa du bist was Besseres? Du bist nichts, gar nichts. Bald wird Francis dich vergessen haben."

„Das wird er nicht! Wir lieben uns! Francis wird nie aufhören mich zu suchen!", schreit die mich an.

„Du lügst, lügst, lügst. Das stimmt nicht!" Die macht mich nur noch wütender und ich schmeiße den Krug mit Wasser gegen die Wand.

„Das hast du nun davon. Verdurste doch!", die Lache halt von den Wänden.

Liebe, was versteht die schon davon. Francis liebt nur mich. Oder etwa nicht?

Tief durchatmend versuche ich mich zu beruhigen. Meine Uhr zeigt mir, dass ich deutlich zu spät bin. Schnell rufe ich meinen Arzt an und versichere ihm glaubhaft, ich hätte nur die Zeit vergessen beim Spazieren gehen. Ich bräuchte ja schließlich viel davon, um einen klaren Kopf zu bekommen. Der Depp glaubt das auch sogar! Mehr als nur einmal verdrehe ich bei unserem Telefonat die Augen. Himmel wie kann der nur so naiv sein.

L A U R A

„Bitte, was habe ich ihnen denn getan?" Ich bin verwirrt und gucke die Frau fragend an.

Ein paar Tage hält sie mich schon gefangen. Es ist kalt und es stinkt hier nach Schimmel und Kartoffeln.

Bah. Wer zum Teufel ist sie? Ich habe die noch nie gesehen. Zumindest nicht, dass ich wüsste. Diese Frau erzählt gemeine Sachen über Francis und unsere Beziehung. Ob es diese Verrückte ist, die die anderen einmal erwähnt haben? Warum hat Francis mir nie von ihr erzählt?

„Getan? Du hast mir meinen geliebten Francis weggenommen!", schreit sie mich erneut an.

Ja es muss diese Verrückte sein, die Klaus und Jenny schon einmal erwähnt haben. Was hatte Francis vor mir für einen Umgang? Das traute ich ihm nicht zu, dachte er hatte immer so Frauen wie Jenny. So schöne, große langhaarige, die selbstbewusst ihren Weg gehen. Diese Frau ist das ganze Gegenteil. Weder langbeinig, noch hübsch oder selbstbewusst. Das Einzige was die ist, ist gemein und hinterhältig. Sie tritt und schlägt mich, um sich besser zu fühlen. Jeden Tag, wenn sie wiederkommt, grinst sie breit und versucht neue Foltermethoden. Die Verrückte guckt nach dem Besuch bei mir wohl extra Filme dafür. Gibt es dafür Kanäle im Fernsehen? Oder bei YouTube?

Am Anfang habe ich versucht ein persönliches Band zwischen mir und der Verrückten herzustellen. Das zeigen die in den Filmen immer. Dann werden die Entführer rührselig und nett zu den Entführten.

Fehlanzeige.

Sie lacht nur laut und tritt oder schlägt nochmal stärker zu. Psychopatin diese! Wenn ich hier loskomme, weiß ich nicht, was ich mit ihr mache. Mein Kiefer knackt vom Zähne knirschen. Oder von dem letzten Schlag der Verrückten, genau weiß man es nicht.

***

„Francis?", Vorsichtig gucke ich hin und her. Er muss hier sein, ich habe ihn so oft gerufen im Schlaf. Nur schwer kann ich einschlafen, muss aber, damit wir uns treffen können. Nun komme schon, schlafe und lasse dich fallen in meinen, nein, unseren Traum! Himmel, das kann doch nicht allzu schwer sein! So langsam werde ich wütend. Er glaubte mir ja damals nicht und scheinbar hörte er auch nicht richtig zu, als ich ihm von Anna und John erzählte.

„Francis, nun schlaf endlich und lass dich hinabgleiten in das Reich der Träume. Ich brauche dich."

Tränen rinnen an meiner Wange runter. Ohne dich halte ich es nicht mehr lange aus. Ich muss wissen, dass du nach mir suchst.

„Laura? Wie? Was? Wieso?" Verwirrt guckt Francis mich an.

„Na endlich! Ich habe dich so vermisst", vorsichtig nähere ich mich und schließe ihn in meine Arme.

Francis ist doch noch reichlich verwirrt und irritiert.

„Ich muss träumen", sein Kopf fliegt vom Schütteln schnell hin und her.

Arg, er kapiert es also doch nicht.

Mich verlässt die Geduld: „Ja mein kleiner Francis, du träumst, aber wir sind wirklich hier!"

Ja, diese Erklärung klingt wirklich etwas absurd und komisch.

Seine Augenbrauen gehen nach oben.

Neuer Versuch: „Weißt du noch was ich dir mal von Anna und John erzählte? Dass die sich im Traum an einem Ort trafen?"

Seine Augenbrauen bleiben oben.

Seufz.

„Egal. Schlafe einfach, Francis und lasse dich fallen, wenn ich an deinem Band ziehe", versuche ich zu erklären, bevor ich gehen muss.

***

Ab da an treffen wir uns häufig nachts, teilweise jeden Tag. Er verstand es endlich. Nur so kann ich durchhalten und nicht aufgeben.

Hoffentlich findet er mich bald!

Francis sucht mit allen Kräften, welche er mobilisieren kann, nach mir, aber nur mit mäßigem bis gar keinem Erfolg.

Wie soll er auch, er ist weder Polizist noch Detektiv. Die Polizei selber ist nicht gerade eine Hilfe meint er, die verdächtigen ihn. Wieso auch immer, dass verstehe ich so gar nicht. Sobald ich hier frei bin und den „Schlaksigen", wie Francis ihn so nett nennt, begegne, werde ich dem erst einmal den Kopf waschen. Francis und mich verscharren. Pah, das glaubt der doch nicht wirklich. Man sieht doch, dass es ihm nahe geht, dass ich weg bin. Er sieht inzwischen fast genauso fürchterlich aus, wie ich selbst.

Diese kläglichen Versuche, seinen Schrecken zu verbergen, wenn wir uns treffen, scheitern. Nur mühselig kann er seine Tränen verbergen. Wir leiden beide, müssen aber durchhalten. In Sachen

Hinweise besorgen, da bin ich nicht gerade hilfreich, weil Marie nicht redselig genug ist. Nur im Fluchen und Beschimpfen ist sie ganz groß.

Seufz.

Wir können nur raten und vermuten.

Doch Aufgeben ist keine Option. Wir gehören zusammen!

ENDE

DANKSAGUNG

Ich möchte mich bei meiner Familie bedanken, die es nicht immer einfach mit mir hat, sobald ich an meinem Roman schreibe. Die Türen werden verschlossen, die Musik leise angemacht und niemand darf an mir vorbei tigern oder etwas sagen. Danke, dass ihr immer Rücksicht darauf nehmt.

Ganz besonders dabei ist mein Mann zu erwähnen, der mir immer zur Seite steht und mir den Rücken freihält, wenn ich mich in ein Buch verbissen habe.

Auch meinen Freundinnen Vanessa, Sabine, Julia, Nicole, Stefanie und Manuela möchte ich sehr danken, dass sie immer zuhören und mir Mut zusprechen, sobald ich mal wieder am Zweifeln bin. (Welches des Öfteren vorkommt).

Ein großes Dankeschön auch an Rike, die meine Rechtschreibfehler beseitigt, wenn ich wieder betriebsblind bin.

Zu guter Letzt, danke an alle Leser/innen, ohne Euch wären die Bücher nicht das, was sie sind!

Verhängnisvoller Traum

Was würdest Du tun, wenn Du dich entscheiden müsstest zwischen Ehe und Jugendliebe?!

Annas heile Welt gerät ins Wanken. Sie trifft und küsst ihren Jugendfreund John. Doch das alles geschieht nur in ihren Träumen, oder nicht? Ihre Träume von John sind anders als alle anderen, diese sind nahezu real! Immer intensiver und leidenschaftlicher werden ihre nächtlichen Treffen. Verwirrt möchte Anna dem Ganzen auf die Spur gehen. Aber was passiert, wenn sich die zwei wirklich wieder treffen? Wird die Ehe mit dem eifersüchtigen Greg dieses Abenteuer aushalten? Eine Reise voller Turbolenzen beginnt.
Folge Anna auf der Suche nach Erklärungen ihrer mysteriösen Träume und verfalle auch Du dem Charme der ersten großen Liebe.

Ein Liebesroman zum Lachen, Weinen und Träumen, gepaart mit einem Hauch Erotik.

Du bist Vergangenheit

Samira hat den perfekten Ehemann, Martin. Er kümmert sich liebevoll um die beiden gemeinsamen Kinder und liest ihr jeden Wunsch von den Augen ab. Besser kann ihr Leben nicht aussehen. Doch dann sucht ihre erste Liebe, Kai, sie in ihren Träumen heim. All die Jahre mit Martin hat Samira ein Geheimnis gehütet, das nun droht, ans Licht zu kommen, und das ihre Ehe auf die Probe stellt. Es gibt nur einen Ausweg: Sie muss sich den Geistern ihrer Vergangenheit stellen. Ein Wettlauf gegen die Zeit beginnt. Wird Samira es schaffen, allem gerecht zu werden, ohne sich selbst zu verlieren? Ein Roman voller Liebe, Romantik, Schmerz und ganz viel Humor.

Das Geheimnis zwischen uns

Eine mit Herz und ein Quäntchen Humor ausgestattete Kurzgeschichte über zwei Jugendliche, ihre Beziehung zueinander und ein Geheimnis, das alles zerstören könnte.

Nur als E-Book.